D1726713

Design cover : Plume de Lydasa

Cet ouvrage est une fiction

Toute ressemblance avec des évènements ou des personnes serait totalement fortuite, les protagonistes étant uniquement le produit de

l'imagination de l'auteur.

Ce livre comporte des scènes érotiques et de violence pouvant heurter la sensibilité des jeunes lecteurs. Il est donc conseillé de ne pas le lire

avant 18 ans.

Dépôt légale : Mars 2023

ISBN BROCHE : 9798387676734

Editions Sioni : 38 Chemin des roches - 38780 PONT-EVEQUE

Editrice : Séverine RODIER

SIRET : 902 837 103 00016

À ma maman, la femme qui a fait de moi ce que je suis aujourd'hui. Celle qui a toujours été présente et qui le sera toujours

A la mémoire de Sonia

Cloé Victor

Tome 4 : Harper

Nyx's Sinners MC

Utah

Lexique MC

MC : *Motorcycle Club* ou club de motards.

Président (**ou Prez**) : leader du MC. Au sein du club, sa parole fait loi et personne ne la remet en question. Il a le dernier mot en cas d'égalité lors d'un vote.

Vice-Président (ou VP) : il supervise la planification des événements du club et coordonne les commissions. Il relaie également les informations entre le président et les membres du club. Toutes les questions, observations ou préoccupations des autres membres du comité sont portées à son attention. Le Vice-président est le second en dessous du Président et il assume toutes les fonctions de ce dernier en son absence.

Sergent d'armes : responsable de la sécurité du club. Il veille à faire respecter toutes les lois et les règles du club, s'assure de maintenir l'ordre lors des événements et détient un registre de toutes les données relatives au club. Le sergent d'armes est chargé de retirer les écussons et les couleurs des membres qui prennent leur retraite, qui démissionnent ou qui sont expulsés. Il défend et protège les membres et les prospects du club. Il est aussi responsable de la mise en lieu sûr de toutes les armes.

Road Captain : responsable des virées (run) et des rencontres du club dont il établit les différents trajets.

Hacker / geek : responsable de tout ce qui concerne l'informatique et l'électronique ainsi que des recherches.

Trésorier : responsable des registres financiers du club.

Tail Gunner : membre roulant à l'arrière lors des déplacements. Si quelqu'un s'écrase ou se laisse distancer, le tireur de queue s'arrêtera et l'aidera. Il assume les responsabilités du capitaine de route lorsque celui-ci n'est pas en mesure de le faire.

Ass Kicker : membre chargé de la formation des prospects.

Prospect : grade le plus bas de l'échelle du club, il doit réaliser une période d'essai avant qu'un vote (unanime) décide s'il obtient ses patchs ou non.

Run : sortie à moto qui concerne uniquement le business du club.

Régulière : femme d'un membre du MC

Chapelle : lieu où se tiennent les réunions concernant les affaires du club. Seuls les membres sont admis dans cette pièce.

Chapitre : Regroupement de six membres minimums dans une ville, un État ou un pays

1% : Cela vient prétendument de l'A.M.A (American Motorcyclist Association) qui aurait déclaré que 99 % des motocyclistes étaient des citoyens respectueux des lois, et que seul le dernier pour cent ne l'était pas (cf. Wikipédia).

Lexique Divinités

Nyx : fille du Chaos, elle est la personnification de la nuit, souvent représentée avec un voile noir flottant au-dessus de sa tête, sur un char ou tenant dans ses bras ses deux fils (Hypnos, le sommeil, et Thanatos, la mort).

Chioné : fille de Borée (le vent du nord) et d'Orithye (princesse d'Athènes), elle est sans doute, d'après l'étymologie de son nom, associée à l'hiver, ce qui fait d'elle la déesse du froid, de la neige et de la glace.

Arcas : fils de Zeus et de Callisto et le roi éponyme de la province d'Arcadie. Son nom, en lien avec son histoire, semble lié au grec ancien arktos, « ours ».

Cécrops : né mi-homme mi-serpent, il est décrit comme un fils de Gaïa, né de la semence qui imprégnait le tissu avec lequel Athéna s'était essuyé la jambe après avoir subi et repoussé les assauts d'Héphaïstos. Élevé par Athéna, il devient le premier roi de l'Attique.

Calliope : fille de Zeus et Mnémosyne (la Mémoire), elle est l'une des neufs Muses. Ses disciplines sont l'éloquence et de la poésie épique. Elle est la mère d'Orphée.

Arbre Généalogique

Paxton & Riley (Pandore) Sheridan - Calliope (18 ans)

Rule & Presley (Hécate) - Harper (28 ans), Harley (17 ans), Hendrix (14 ans)

Creed & Mackenzie - Madleen (15 ans)

Cam & Roxy - Lennox (17 ans) & Pierce (13 ans)

Clark - Susan Rose (15 ans)

Grey & Leyla

Fiche Personnage

Timothee Walsh : ***Arcas***

Nicholas Sander : ***Cecrops*** (*Ass Kicker*)

Derel Becker : ***Jagger***

Jared Wilson : ***Hunger***

Derick Fitzgerald : ***Dublin*** (*Docteur*)

Alexander Posey : ***Xander***

Robert Clayton : Rob (Trésorier)

Landon Floyd : Floyd

Michael Jopplin : Jop

Ronald Mance : Romance

Charlesia Prescott : ***Chioné***

Mays Parker

HARPER

PROLOGUE

Je l'attends à notre endroit.

Celui dans lequel nous nous planquons pour nous retrouver depuis presque trois ans, maintenant. Ce qui a commencé par une simple partie de jambe en l'air a créé quelque chose de plus profond. Charley et moi ne sommes pas du même milieu social, elle est riche et appartient à la bonne société tandis que moi, j'ai grandi dans un club de biker. Je n'ai absolument pas honte de mes origines et cela ne l'a jamais dérangée non plus, mais si les gens apprennent qu'on est ensemble, ça risque de lui porter préjudice. Or, c'est la dernière chose que je veux. Du coup, nous nous retrouvons en secret ici, ou chez elle, lorsque ses vieux ne sont pas là.

Seuls mon père et Xander sont au courant pour elle et

moi. Bon, il faut dire que mon pote n'est pas un grand fan de ma nana, qu'il appelle Chioné[1]. C'est la déesse grecque de la glace et de l'hiver, ce qui, quand on ne la connaît pas, pourrait parfaitement lui convenir. Sauf que je la connais et Charley n'a rien d'une reine des glaces ou autres conneries de ce genre. Lorsqu'elle n'est pas dans un milieu où elle se sent à l'aise, elle peut porter un masque de marbre assez froid et hautain, mais en dessous de celui-ci, il y a un véritable feu ardent qui brûle à l'intérieur.

D'ailleurs, en parlant du loup, je me décolle de l'arbre sur lequel je suis appuyé lorsque je vois sa voiture se garer près de ma bécane. Un large sourire se dessine sur mon visage lorsque j'aperçois sa longue tignasse blonde, limite blanche, mais je déchante rapidement. Son visage est fermé et il est semblable à celui qu'elle offre aux autres.

— Qu'est-ce qui se passe ? demandé-je une fois à sa hauteur.

Elle ne bouge pas ni ne dit mot. Je vois bien qu'elle tente de maîtriser son expression, mais elle oublie que je la connais mieux qu'elle-même. Je fais un pas dans sa direction, mais je me stoppe instantanément quand elle lève sa main pour m'arrêter.

— Non, reste où tu es, Harper, s'il te plaît.

Je m'exécute et fronce les sourcils, légèrement surpris par son ton froid. Mon instinct me crie de la prendre dans mes bras, de l'embrasser jusqu'à ce qu'elle oublie ce qu'elle semble être sur le point de me dire, mais je ne fais rien. J'attends qu'elle s'exprime tout en ayant la désagréable sensation que je

1 Chioné : fille de Borée (le vent du nord) et d'Orithye (princesse d'Athènes), elle est sans doute, d'après l'étymologie de son nom, associée à l'hiver, ce qui fait d'elle la déesse du froid, de la neige et de la glace.

ne vais pas aimer ce qui va suivre. J'en ai la preuve lorsqu'elle porte son pouce à sa bouche et commence à le mordiller, puisque c'est un geste qu'elle fait seulement lorsqu'elle est nerveuse ou quand elle a quelque chose d'important à dire.

— Qu'est-ce qu'il se passe ? répété-je.

— Je ne peux plus…

— Tu ne peux plus quoi ?

— Ça…, commence-t-elle en faisant un geste de la main pour montrer ce qui nous entoure. Nous. Ce qu'il s'est passé.

Je reste interdit face à ses mots. Dire qu'ils m'explosent en plein dans la gueule est un putain d'euphémisme.

— Et tu prends ta décision comme ça ? Sur un putain de coup de tête ?

— Harp…

— Non, la coupé-je brusquement, je veux savoir ce qui t'a fait changer d'avis. Parce qu'hier encore, tout allait bien.

Charley soupire tout en passant une main dans ses cheveux, signe qu'elle est sur le point de craquer. J'ai beau la connaître par cœur, c'est également le cas dans le sens inverse. Elle sait plus de choses sur moi que n'importe qui d'autre, mes parents et Xander compris. Elle est la seule à qui j'ai fait part de mes pires secrets.

Sans me soucier de son avertissement de tout à l'heure, je romps la distance qui nous sépare, si bien qu'elle est obligée de s'appuyer contre sa bagnole pour ne pas vaciller. Nos corps ne sont qu'à quelques centimètres l'un de l'autre et ne demandent qu'à se toucher, tandis que nos yeux ne se lâchent pas. Nous menons une bataille qu'aucun de nous deux ne veut perdre.

Néanmoins, mon petit glaçon est la première à baisser le regard, lorsqu'elle colle son front contre mon torse. Mes doigts me démangent pour toucher sa peau et la serrer contre moi, mais je me retiens. Je veux savoir ce qui a changé en quelques heures.

— Je suis désolée, H.

Ma gorge se contracte parce que ces mots, ils ont l'air d'être un putain d'adieu.

— Désolée de quoi ?

— Je...

Elle relève son visage vers le mien et, comme chaque fois qu'elle se sent trop vulnérable, elle pose ses lèvres sur les miennes. Et je la laisse faire. C'est peut-être faible de ma part, mais je ne peux pas me résoudre à rompre ce baiser. Pas alors qu'il m'apparaît être le dernier.

Rapidement, nos gestes deviennent plus familiers et plus abrupts. Sachant très bien que personne ne vient ici et que nous sommes seuls au monde, je la soulève et marche en direction de la couverture que j'ai installée au pied de l'arbre. Lorsqu'elle touche à nouveau le sol, Charley ne perd pas de temps et commence à retirer chacun de mes vêtements qui se trouvent à sa portée. Je ne suis pas en reste et vire son haut, avant de faire de même avec son soutien-gorge. Quand ses mains se posent sur la boucle de ma ceinture, je grogne et glisse la mienne sous l'élastique de sa culotte. Mon petit glaçon se transforme sous mes yeux au moment où je touche son bourgeon sensible et, putain, je n'ai jamais rien vu de tel.

Toutefois, même si j'ai grave envie de la faire jouir, ce n'est pas avec mes doigts que je veux qu'elle prenne son pied, mais avec ma queue. Je veux marquer chaque instant de ce moment. Que ce soit moi qu'elle voit et auquel elle repensera lorsqu'elle sera loin. Parce que, oui, je ne me fais pas d'illusions quant à ce qu'elle a à m'annoncer.

— Harper...

Sa voix rauque de plaisir me ramène à l'instant présent et, en quelques secondes, je retire mes doigts de son fourreau, vire son jean et l'allonge sur la couverture. Charley se dandine de plus en plus sous moi, frottant avec impatience, son bassin contre le mien. Mon regard rencontre le sien et nous ne nous quittons plus alors que je fais glisser son sous-vêtement sur ses jambes. Aucun de nous ne rompt le contact visuel tandis que je me place au-dessus de son mont de Vénus et que, d'un coup de langue, je récupère la preuve de son excitation. Je la savoure jusqu'à ce qu'elle se brise en mille morceaux contre ma bouche et prolonge son orgasme en donnant quelques mouvements de langue supplémentaires. Quand elle refait surface, ses iris se sont transformés en braises et sa main vient se poser sur ma joue, avant de glisser sur ma nuque pour rapprocher son visage du mien. Son pouce caresse mes lèvres encore luisantes de ses sucs, avant que sa bouche rejoigne la mienne, dans un baiser brutal et fiévreux.

Mon jean étant toujours en place, j'attrape le préservatif qui se trouve dans la poche arrière. Je le donne à mon petit glaçon qui commence déjà à défaire l'emballage tandis que je retire mon futal. Comme souvent, lorsque je sais que je vais la voir, il n'y a rien en dessous. Elle enfile la capote sur mon érection, puis remonte ses mains au niveau de mon cou. Je me place correctement contre son entrée, tout en relevant une de ses jambes sur ma hanche.

— S'il te plaît, Harper... fais-moi oublier.

Et c'est ce que je fais. Dès l'instant où j'entre en elle, je m'applique à lui faire tout oublier, même son nom. Elle noue mes doigts aux siens et les serre au fur et à mesure de mes coups de reins. Cependant, j'abaisse le rythme lorsque je distingue des larmes à la bordure de ses yeux.

— Non, ne t'arrête pas, je t'en supplie.

Son autre main passe dans mon dos, dessinant du bout du doigt les contours de mon futur tatouage d'appartenance au club. Son toucher est si doux qu'il me brûle de l'intérieur, parce que je sais qu'elle est en train de mémoriser chaque dessin qui se trouve sur ma peau.

Lorsque je la sens se contracter autour de moi, je sais que l'orgasme n'est pas loin. Du coup, j'ajuste mon angle de pénétration, qui me permet de frôler son clitoris à chaque mouvement. Ses ongles s'enfoncent dans ma peau lorsqu'elle sombre dans le royaume d'Éros, m'emportant ainsi avec elle.

Contrairement à son habitude, elle ne me retient pas quand je m'écarte. Je retire le condom et le noue avant de remonter mon jean et d'enfiler mon tee-shirt ainsi que mon cuir de prospect. Lorsque je me retourne, je découvre une Charley assise, les jambes repliées contre sa poitrine. Son regard est triste quand il croise le mien et je n'ose imaginer ce qu'elle doit y percevoir, puisqu'elle détourne les yeux et s'habille tout aussi rapidement que moi.

Une fois totalement vêtue, et sa longue chevelure ramenée en une queue de cheval sur le sommet de son crâne, elle se place devant moi.

Ça y est, c'est le moment.

Elle va partir étudier dans son université de renom, elle passera un diplôme qui ne lui servira à rien puis trouvera un gars riche avant de se marier avec lui et lui faire deux ou trois gamins. C'est comme ça que ça va se passer, c'est elle-même qui me l'a dit. Toujours faire plaisir à papa maman. Ne jamais penser à son propre bonheur.

Sa main sur la mienne me sort de mes pensées sombres. Je plonge mes iris dans les siens et me retiens de justesse de la supplier de rester. J'ai déjà l'air assez pathétique comme ça.

— Je suis désolée, Harper.

Je ne réponds rien, principalement parce que la boule dans ma gorge ne me le permet pas. Elle se redresse sur la pointe des pieds et dépose un léger baiser sur ma joue, puis sans rien ajouter de plus, elle s'écarte et remonte dans sa voiture. Je ne la quitte pas des yeux jusqu'à ce qu'elle disparaisse entièrement, emportant la majorité de mon cœur avec elle.

CHAPITRE 1

Dix ans plus tard

— Allez, réveille-toi, petit con.

Je soupire en entrouvrant un œil avant de le refermer aussi sec. Bordel de merde ! Quel est le con qui a laissé les volets ouverts, putain ?! Je n'ai pas le temps de rouvrir une paupière pour voir qui est venu me réveiller, qu'un verre d'eau glacée m'atteint en plein visage. Je jure en me redressant d'un coup, tout en maudissant celui qui a fait ça. Putain, si c'est ce con de prospect, je vais lui refaire le portrait.

— Ah bah, enfin ! J'ai cru attendre !

Je me tourne vers la voix familière de mon père. Il est installé sur la table basse, les coudes posés sur ses genoux. Comme d'habitude, son regard est indéchiffrable. Je parie que c'est ma mère qui l'a envoyé, pour une énième conversation. J'ai beau avoir vingt-huit ans, elle croit que j'en ai encore dix. Elle s'inquiète, ce que je peux comprendre, à cause de mon style de vie, mais il y a des fois, comme celle-ci, où elle envoie Rule pour une « discussion entre homme ».

— C'est maman qui t'envoie ?

— Non, et tant mieux pour toi. Si elle t'avait vu dans l'état dans lequel tu es, crois-moi, elle ne se serait pas gênée pour te dire le fond de sa pensée.

— Et ce n'est pas ce que tu es en train de faire ?

— Non. Si tu veux, te bourrer la gueule, c'est ton droit, tu es majeur. Je m'inquiète, c'est tout.

Je hausse un sourcil. Il a beau être ce qu'il est, je crois que c'est bien la première fois que j'entends ses mots sortir de sa bouche.

— Je vais bien.

— Si tu le dis…

Mon père adoptif pose ses mains sur ses genoux avant de se relever. Il s'étire tout en se frottant le visage, avant de contourner la petite table. Il salue Xander qui débarque dans la pièce, puis quitte le salon. Je me redresse en position assise tout en exécutant le même geste que mon vieux un peu plus tôt. Mon meilleur pote s'installe à mes côtés, avant de me tendre un café.

— Bonne soirée ? demande mon meilleur ami, avec un sourire en coin.

— La ferme. Je me souviens de pas grand-chose.

— Donc, tu ne te souviens pas d'avoir bu comme un trou, d'avoir couché avec Melody ET Sally, puis d'avoir de nouveau picolé comme un puits sans fond et de t'être scratché comme une merde sur le canapé.

Je regarde Xan comme si une paire de couilles venait de lui pousser sur le front, avant de jurer et de boire une gorgée de café.

— Et tu m'as laissé faire ?

— Tu voulais que je fasse quoi ? Tu passais un bon moment, je n'avais pas envie de me prendre un pain dans la gueule.

— Mouais, marmonné-je.

— Harp, je ne sais pas si c'est le fait d'être de nouveau ici ou, si c'est l'adrénaline de l'armée qui te manque, mais tu décalques, mon frère.

— Je vais bien.

— C'est faux, mais comme chaque fois depuis dix ans, je vais faire semblant de te croire.

Je grogne avant de vider mon mug. J'ai horreur qu'il me foute la merde qu'est ma vie sous le nez. Xander est mon meilleur ami depuis presque vingt ans, nous nous sommes rencontrés sur les bancs de l'école, peu après mon arrivée dans l'Utah, donc il est normal qu'il sache lorsque ça va ou non. Il est au courant de ce qu'il s'est passé il y a dix ans, contrairement à mes parents. Ce connard m'a même accompagné à l'armée quand j'ai décidé de m'engager, pour m'avoir à l'œil, comme il dit. Nous avons fait les mêmes classes et nous étions les majors de notre promo. Lorsque l'un de nous avait un coup de mou, l'autre le remettait sur les rails. Alors, quand nous avons décidé de tenter notre chance pour les SEAL, ni lui ni moi ne pensions pouvoir être acceptés. Après tout, tout le monde sait que l'entraînement est l'un des plus difficiles au monde. On en a chié, c'est certain, mais nous y sommes arrivés. Nous y sommes restés neuf ans et nous avons vu des choses qui auraient pu nous faire perdre foi en l'humanité. Cela a déclenché plusieurs merdes, notamment chez mon pote. Il est revenu avec un bras en moins et même s'il a une prothèse, ce n'est pas pareil. Cela n'empêche pas que, même sans son bras, cet enfoiré tire toujours mieux que moi.

— Et toi, comment tu vas ?

C'est un coup bas, je le sais, mais j'ai encore quelques litres d'alcool dans le sang et je suis un vrai connard, dans ces moments-là. Néanmoins, X me connaît par cœur et il balaie la question du revers de la main.

— Dans tous les cas, j'ai une meilleure gueule que toi, frangin.

Il me balance un coup dans l'épaule, me faisant chanceler, puis se lève. Il marche jusqu'à la porte d'entrée du club-house avant de se stopper et de se tourner vers moi.

— Au fait, on a une réunion dans cinq minutes.

— Putain !

Je me lève tout en essayant de garder mon équilibre. Je me dirige vers la chambre que je squatte depuis mon retour au bercail et prends une douche rapide. Froide, pour décuver. Une fois propre, habillé et libéré de l'odeur de l'alcool et de sexe, je quitte ma piaule. Mon cuir sur les épaules, j'arrive à la chapelle avec seulement deux minutes de retard. Mon père me lance un regard noir, tandis que je pose mon cul sur ma chaise. Je donne un coup de coude à Xander lorsque cet enfoiré se fout de ma gueule, puis me cale bien dans mon siège quand le coup de marteau retentit.

— Les gars, on a un problème, annonce d'emblée Ax, le visage fermé. La nuit dernière, quelqu'un s'est infiltré dans le serveur du club.

— Je croyais qu'il était impossible d'y pénétrer, rétorque Arcas en jetant un coup d'œil à Grey, notre geek.

— C'est impossible, répond ce dernier. Jamais personne n'a réussi à s'infiltrer à travers mes multiples pièges.

— Mais quelqu'un l'a fait, intervient Hunger, d'une voix morte.

— Ouais. Je dois dire qu'il est plutôt doué, mais pas assez pour couvrir ses traces. J'ai donc pu trouver ce qu'il cherchait.

— Et qu'est-ce que c'est ? demande Dublin, une clope au bec.

— Aussi surprenant que ça puisse paraître, il a fouillé dans un seul dossier. Celui d'Harper.

Je me tends sur mon fauteuil, tandis que tous les regards convergent vers moi.

— Qu'est-ce qu'il cherchait ? questionné-je.

Ma voix est la même que celle que j'utilisais lorsque j'étais en opération. Celle dénuée de sentiments et d'émotions.

— C'est là le hic, répond Grey. J'en ai aucune putain d'idée, ses traces s'arrêtent là. Mais, par contre, j'ai réussi à craquer son code et à avoir un nom, enfin un surnom plutôt.

— Qui est ?

— Phoenix.

— On sait qui pourrait être ce gus ?

La question vient de Floyd, Grey lui répond par la négative, ce qui provoque un soupir général. Ce n'est jamais bon lorsque quelqu'un tente de s'introduire dans notre serveur. Déjà pour le trouver, il faut être sacrément calé en informatique, car notre hacker est un petit génie et il a fait en sorte que personne ne puisse y accéder. Or, quelqu'un l'a fait et ce mec est allé directement dans mon fichier. Dossier qui contient bien plus que mon groupe sanguin, il y a absolument tout de ma vie. De ma naissance à aujourd'hui. Donc si, il ou elle, cherche quelque chose dedans, ça ne sent pas bon pour moi. J'ai souvent fait face à des menaces fantômes lorsque j'étais au sein des SEAL, mais ce n'est pas pour autant que j'apprécie que ce *Phoenix* fourre son nez dans mes affaires.

HARPER

CHAPITRE 2

Le reste de la journée se passe aussi mal qu'elle a démarré. Entre ma sœur qui s'amuse à fouiller dans ma chambre et le putain de mal de crâne qui me vrille le cerveau, autant dire que je ne suis pas des plus aimables. C'est seulement lorsque je finis par prendre ma moto que la tension redescend légèrement. Comme chaque fois depuis que je suis ado, je me rends dans le seul endroit qui m'apaise. Ça ne devrait pas être le cas, pourtant ça l'est. Peu importe que je ne prenne pas cette route-là, je finis toujours par y revenir. C'est comme si j'étais aimanté à ce foutu réverbère. Putain, si les arbres pouvaient parler, je suis sûr qu'ils en auraient des choses à raconter, ces cons.

Je me gare au même endroit qu'il y a dix piges, puis coince une cigarette entre mes dents. Mauvaise habitude que j'avais lâchée durant l'armée, mais qui est revenue à grands pas dès mon retour à la maison. La nicotine, l'alcool et le sexe sont mes vices, comme pour la majeure partie des membres.

Je fume clope sur clope, c'est mal, je le sais et mon génie de petit frère ne manquera pas de me le rappeler lorsque je rentrerai au club. Hendrix a beau avoir seulement douze ans, il est bien plus intelligent que la plupart d'entre nous. Il a déjà sauté une classe et je ne serais pas étonné s'il en sautait une deuxième. Maman est fière de lui, on l'est tous.

Je sors de mes pensées quand mon téléphone vibre dans la poche intérieure de mon cuir et je fronce les sourcils en regardant le message qui vient d'arriver. Je suis d'autant plus surpris lorsque je remarque qu'il ne s'agit pas de ma mère, mais d'un numéro inconnu.

Inconnu : [Chers anciens élèves de East High School, voilà dix ans que vous avez quitté notre établissement. C'est pour cette raison que je vous invite à notre soirée des anciens élèves. J'espère de tout cœur vous compter parmi nous le douze de ce mois-ci.

Mes très sincères salutations,

Ludivine Robert, Directrice de East High School.]

Je relis plusieurs fois le message pour être certain que ce n'est pas un canular. Je comprends que ce n'est pas le cas, lorsque mon portable vibre une seconde fois et qu'un message de Xander apparaît. Apparemment, il l'a reçu, lui aussi.

Xander : [Ils sont sérieux ?! Ça existe encore ce genre de connerie ?]

Je ricane devant son texto. Mon estomac se comprime

quand je pense à qui pourrait se rendre à cette putain de soirée. Moi qui pensais que dix ans à baiser des jolis-culs me permettrait de l'oublier, je crois que c'est râpé. Je jure en allumant une énième sèche, pourtant je ne la fume pas. Elle se consume tandis que ma caboche fonctionne à plein régime.

Est-ce qu'elle sera là ? A-t-elle changé en dix putains d'années ? Est-elle mariée à un de ses gars en pantalon en lin et qui porte une cravate ? Est-elle heureuse ? Pense-t-elle à notre dernier moment à cet endroit précis ? M'a-t-elle oublié ?

J'essaie de faire taire ses foutues questions que je ne devrais même pas me poser. Putain, c'est elle qui est partie ! C'est elle qui a jeté aux oubliettes tout ce que nous avons vécu en plus de trois ans de relation, enfin si on peut appeler ça comme ça.

Je jette la cigarette dans le cendrier artisanal que j'ai installé, il y a presque douze ans, puis je rejoins ma bécane. Comme toujours lorsque je quitte cet endroit, j'ai le cerveau en vrac. Toutefois, comme chaque fois, je reviendrai. À croire que j'aime me faire du mal.

Je rentre directement au club. Dès que ma moto est garée à son emplacement, je fonce dans la salle de sport, ignorant mon frangin, ainsi que les autres personnes présentes. J'attrape une paire de gants qui a vu des jours meilleurs et me dirige dans le fond de la salle. Je ne tarde pas à déverser toutes mes pensées liées à *elle*.

Droite. Gauche. Droite. Gauche.

Mes muscles me brûlent à force de les faire travailler, mais comme je l'ai appris à l'armée, je n'abandonne pas. Je vide mon corps comme je l'ai déjà fait tant de fois... pour ne pas réfléchir. Je suis tellement focalisé sur les coups que je donne au sac de frappes que je n'entends pas mon meilleur pote arriver. Comme à son habitude, Xander s'installe sur le banc et me regarde me défouler. Je n'ai pas besoin de dire quoi que ce soit, il sait. Il connaît les pensées qui traversent mon putain de cerveau, tout comme je sais qu'il a déjà dû faire ses recherches. X a peut-être perdu son bras, mais il n'a pas perdu son intelligence. C'est pour ça qu'il a été si bon durant ses années de services. Certains de nos coéquipiers l'appelaient le Traceur, car il a un vrai don pour trouver ceux qui ne veulent pas l'être. Avec Joker, le malinois qu'il a adopté durant nos années de services, ils faisaient une putain d'équipe de pistage.

Je finis par m'arrêter, à bout de souffle, et Xan me tend une bouteille d'eau, que j'accepte avec grand plaisir et en vide plus de la moitié en une seule gorgée. Je m'installe ensuite sur le banc avant de défaire mes gants. Jok, qui n'est jamais loin de son maître, s'approche de nous, un jouet en plastique dans la gueule. Il le dépose sur ma cuisse et je me dépêche de le lancer à travers la salle. Le chien part tellement vite que ses pattes touchent à peine le sol. Mon pote soupire à côté de moi et je sais que la conversation n'est pas loin.

— Je vais bien, dis-je, pour la énième fois de la journée.

— Je n'ai rien dit.

— Tu n'as pas besoin, je sens ton regard d'ours sur moi.

X éclate de rire à la suite de ma comparaison, avant de se reprendre quand son chien revient avec son poulet en plastique.

— Pourquoi c'est si dur pour toi d'admettre qu'elle te retourne toujours le cerveau ?

— Ce n'est pas le cas.

— Oh ! allez, Harp. Je te connais, ne l'oublie pas. Cette fille a toujours eu le chic pour te foutre le cerveau à l'envers, surtout au lycée et même encore maintenant alors qu'elle est à des milliers de kilomètres.

— Elle ne m'a jamais foutu le cerveau à l'envers, répliqué-je avec mauvaise foi.

— Tu fais l'autruche là, frangin. Bien sûr qu'elle t'a retourné le cerveau. Je crois que ça a été le cas pour chaque mec du lycée.

— Toi, y compris ?

Je tourne mon visage vers lui en haussant un sourcil en attendant sa réponse, qui ne tarde pas à venir.

— Non, je ne suis pas trop fan des beautés froides, Harper. Je préfère lorsqu'elles sont *caliente*.

— Qui te dit qu'elle ne l'était pas ?

— Mec, tout le monde la surnommait la Reine des Glaces, ce n'est pas pour rien, si tu veux mon avis. Tu as peut-être vu un peu plus en dessous de la couche de givre, mais cela n'a pas été le cas pour tout le monde. Cette fille était un véritable glaçon.

Non, elle ne l'était pas.

Cette pensée ne dépasse pas mes lèvres. Je n'ai pas envie de me prendre le chou avec lui à ce propos, une fois de plus. Ce n'est pas la première fois que nous avons cette discussion et c'est loin d'être la dernière. Xander ne connaissait pas Charley, comme moi. C'est vrai qu'elle était froide en apparence, mais la réalité était toute autre. Ce sont ses putains de parents qui l'ont formatée afin qu'elle devienne ainsi. Elle a juste suivi le mouvement en pensant que cela leur permettrait peut-être de la remarquer. Parce qu'une chose est claire, chez les Prescott, les enfants, on ne les chérit pas comme dans n'importe quelle famille. Non, les enfants sont des trophées qu'ils se doivent d'exposer devant leurs putains d'amis complètement hypocrites.

Alors non, Charley n'était pas une garce au cœur de glace comme beaucoup ont pu penser. Elle était simplement une petite fille, en quête de reconnaissance parentale.

HARPER

CHAPITRE 3

— Harper…

Le ton de la voix de mon frère m'interpelle. Je sors de mes pensées et tourne mon visage vers lui en fronçant les sourcils. Il passe plusieurs fois sa main valide sur sa prothèse, signe qu'il est nerveux, ou mal à l'aise. J'exclus directement la seconde option, puisque plus rien ne peut nous gêner, pas avec tout ce qu'on a vécu ensemble.

— Crache le morceau, X, dis-je avant de terminer le fond de ma bouteille d'eau.

— Grey a réussi à remonter jusqu'à une adresse IP de Phoenix.

— Et ?

— Elle vient de Providence.

Dès que les mots franchissent ses lèvres, je me tends. De Providence ? Je ne connais personne venant du Rhode Island si ce n'est... non, ce n'est pas possible. Je connais Charley, enfin, je la connaissais, et je ne peux pas dire que ce soit une grande spécialiste des ordinateurs. Contrairement à certaines personnes de notre génération, elle n'avait pas le nez collé à son téléphone vingt-quatre heures sur vingt-quatre.

— Ce n'est pas elle, affirmé-je, sûr de moi.

— Comment peux-tu en être aussi sûr ?

— Parce que je la connais et qu'elle n'aurait jamais été capable de franchir les barrières de Grey. Elle avait même refusé de prendre l'option informatique au lycée.

— Harper, je ne dis pas que tu ne la connais pas, mais il y a certains aspects de sa vie dont tu n'es pas au courant.

— Parce que toi, tu l'es ?

Je me lève et fais les cent pas devant mon meilleur ami. Je l'entends soupirer, signe que mon attitude l'agace, mais je m'en fiche. Il ne peut pas me sortir des trucs comme ça et s'attendre à ce que je reste calme.

— Harper...

— Non, je ne veux rien savoir, putain !

— Dis pas de conneries, Harp ! On sait tous les deux pourquoi tu continues d'aller là-bas.

Je me stoppe et le fusille du regard, bien que cela ne l'effraie pas pour un sou. Il hisse sa grande carcasse et s'approche de moi, Joker à ses pieds. X pose une main derrière ma nuque et rapproche nos fronts pour les coller l'un contre l'autre. Cela fait un bail que l'un de nous n'avait pas fait ça. Généralement, c'est en temps de crise. Je crois que la dernière fois que c'est arrivé, c'est quand il était encore à l'hôpital, après son amputation.

— Tu es encore accroché à elle, comme à un putain de junkie à sa came. Je ne sais pas ce que tu as vu en elle, frangin, j'en ai aucune foutue idée, mais descends-la du piédestal sur lequel tu l'as foutue. Ça fait dix ans que vous ne vous êtes pas vu et comme toi, elle a dû changer. On n'est plus les mêmes personnes qu'à seize ou dix-huit ans.

— Tu me fais chier.

Xander ricane avant de s'écarter. Il tapote mon épaule tout en plongeant son regard dans le mien.

— Ce n'est pas nouveau, frangin. J'ai toujours été la tête pensante.

— Mouais, le jour où ça t'arrivera, je me foutrais bien de ta gueule.

— Chose qui n'est pas près d'arriver.

— On dit tous ça.

Nos visages se tournent en direction de la voix de mon père qui est appuyé contre l'encadrement de la porte de la salle. Il finit par s'en décoller pour avancer vers nous. Il nous regarde tour à tour, avant de déposer son regard sur moi.

— Mais il a raison, Harper.

— Je la connais.

— Rectification, fiston, tu la connaissais. Comme l'a dit Xander, ça fait dix ans. Les choses ont changé autant pour toi que pour elle.

— Pourquoi j'ai l'impression que vous savez quelque chose que je ne sais pas ?

Mon pote jette un coup d'œil à mon vieux, semblant attendre son autorisation. Quand ce dernier la lui donne d'un signe du menton, X ferme les yeux un moment avant de grimacer.

— Parce que c'est le cas.

— Qu'est-ce que je ne sais pas ?

— Elle est en ville... et elle n'est pas seule.

J'essaie de cacher du mieux que je peux le coup de massue que je viens de me prendre, mais cela ne semble pas vraiment fonctionner. Xan me jette un regard désolé, alors que mon père adoptif ne me lâche pas des yeux.

— Et ? Ce n'est pas comme si j'étais resté chaste durant ses dix dernières années, réponds-je avec une nonchalance feinte.

— Ça, c'est sûr que ça ne risque pas d'être le cas, marmonne Xander tandis que je lui jette un regard noir. Enfin bref, ce que j'essaie de te dire, c'est qu'elle est là.

— J'avais compris la première fois, X.

Rule m'examine encore un peu, avant de lâcher mon regard. Il attrape son téléphone et pointe l'écran dans ma direction.

— Est-ce que tu connais la brune qui l'accompagne ?

Je prends l'appareil dans mes mains et observe plus attentivement la photo. Je n'ai aucune idée de qui peut être la métisse qui est avec Charley, d'ailleurs, je m'en fous un peu. C'est la première fois en dix ans que je peux voir à quoi elle ressemble. Que je m'autorise à observer une photo d'elle et la première chose qui me vient, c'est… *elle n'a pas changé*. Si ce n'est ses cheveux qui sont légèrement plus courts et ses traits un peu plus marqués. Elle est encore plus belle que dans mes souvenirs. Son corps est passé de la fin de l'adolescence à celui d'une femme qui rendrait fou n'importe quel homme. Moi, y compris.

— Harper ? m'appelle mon père.

— Euh, non, je ne la connais pas, dis-je en reprenant pied.

Je fais un pas en arrière puis un deuxième. Xander et Rule discutent sans faire plus attention à moi et c'est tant mieux. Comme ça, je n'aurais pas à m'expliquer face au début d'érection que je suis en train de me taper. J'attrape mon cuir ainsi que mon tee-shirt, que j'avais retiré durant mon moment de lâcher-prise, puis quitte la salle de sport. Je me dirige directement dans ma chambre et ferme à clé derrière moi. Il ne manquerait plus que Melody ou sa copine, Sally, se pointe. Je jette mes fringues sur mon lit et marche jusqu'à la salle de bain. J'allume le robinet et me déshabille en quelques secondes avant de me placer sous le jet. Les mains posées devant moi, j'essaie de me remettre la tête à l'endroit, mais mon membre dur palpite, tandis que les images que j'avais enfermées à double tour dans un coin refont surface.

Ma main droite quitte le mur et vient directement entourer ma queue dressée. Je mordille ma lèvre inférieure quand je passe mon pouce sur mon gland. Mon esprit vagabonde dans les souvenirs, me transportant dans un moment dont j'aurais voulu qu'il ne s'arrête jamais.

**

Je jure lorsque je m'écorche la main contre l'écorce de l'arbre. Grimper n'a jamais été mon truc, je le laisse à ma frangine qui est un véritable petit singe, mais pour une fois, je fais un effort. Parce que le jeu vaut largement plus que la chandelle. Charley explose de rire lorsque je manque de me casser la gueule pour la seconde fois.

Putain, j'adore son rire, même s'il est à mes dépens.

Quand je parviens enfin à la fenêtre de sa chambre, je soupire un bon coup, heureux d'être toujours vivant, puis je m'approche de mon petit glaçon. Je colle mes lèvres contre les siennes faisant ainsi mourir son rire. Elle se liquéfie entre mes bras et il ne m'en faut pas plus pour la soulever. Elle s'accroche à mon cou, tout en enroulant ses jambes autour de mes hanches. Mes mains se glissent sous son haut de pyjama et je profite du fait qu'elle ne me stoppe pas pour dégrafer son soutien-gorge.

— Qu'est-ce que tu fais ? demande-t-elle contre mes lèvres.

— À ton avis, je joue au bridge, là.

Charley ricane. Son rire se transforme en gémissement lorsque je mordille la peau de son cou.

— Qui aurait cru qu'un biker sache ce qu'est le bridge.

Je me redresse en haussant un sourcil. Elle est sérieuse ?!

— C'est l'image qu'on envoie ou tu te fous juste de ma gueule ?

— Un peu des deux.

Je la punis en la mordant un peu plus fort avant de la faire basculer sur le lit.

— Tes parents seront absents combien de temps ? demandé-je en butinant son cou.

— Quelques heures, ils sont au country club donc ils ne risquent pas de rentrer de sitôt.

— Bien.

Je retire son haut, le faisant voler quelque part dans la chambre. Mes lèvres descendent le long de son cou jusqu'à arriver à la naissance de sa poitrine. *Chioné plonge ses doigts dans mes cheveux, les tirant légèrement tandis que je passe sur son ventre. Je crochète son short plus que minuscule et le fais glisser le long de ses jambes.*

— Harper...

— Hum hum...

Je mordille son point sensible juste au-dessus de sa hanche, rendant sa respiration haletante. Je m'installe entre ses jambes, plaçant ses cuisses sur mes épaules alors que ma langue se pose sur son clitoris déjà gorgé de plaisir. Je suçote son petit bouton en souriant quand je la sens se tortiller contre ma bouche. Elle réagit toujours parfaitement à mes caresses et j'adore lorsqu'elle gémit mon prénom, alors qu'elle approche de plus en plus de l'orgasme. J'ajoute un doigt, puis un autre. Elle se tortille de plus en plus sous moi. Sa respiration est haletante, l'une de ses mains est agrippée au drap tandis que l'autre tire mes cheveux beaucoup trop longs à mon goût.

Une simple pression sur son clitoris suffit à la faire décoller. Ses jambes tremblent lorsqu'elles se referment un peu plus autour de mon cou. Je décroise ses chevilles avant de déposer un dernier baiser sur le bas de son ventre et de remonter le long de son corps. Mon petit glaçon a complètement fondu et c'est un feu ardent que j'ai en face de moi. Ses yeux, légèrement voilés par le plaisir, se sont transformés en braises. Je dépose un baiser sur sa joue avant de me laisser tomber sur le matelas. Je prends une grande inspiration, essayant de calmer mon érection qui danse la samba derrière ma braguette. Charley se redresse sur son coude, la tête posée sur son épaule.

— Qu'est-ce que tu fais ?

— J'essaie de calmer ma queue.

— Pourquoi ?

— Parce que si j'entre en toi maintenant, je ne suis pas sûr de pouvoir tenir longtemps.

Elle bouge à côté de moi avant de grimper sur mes cuisses. Ses mains passent sous mon tee-shirt, pour caresser mon torse, avant de s'arrêter à la barrière de mon futal. Son pouce joue avec le bouton de mon jean, tandis que son index descend progressivement sur la bosse qui déforme mon pantalon. Je grogne lorsqu'elle presse doucement mon érection.

— C'est soit tu continues, soit tu t'arrêtes, ma belle.

— Autant continuer dans ce cas-là.

Son air mutin me fait gonfler un peu plus. Je gémis quand elle me prend dans sa bouche et bascule sur le matelas, pour profiter au maximum de cet instant hors du temps.

HARPER

CHAPITRE 4

Je crois que cette nuit-là, nous avons failli nous faire choper par ses vieux. Ces cons sont rentrés plus tôt que prévu du country club et j'ai dû me faire la malle, à moitié à poil, par la fenêtre. Autant dire que je n'ai pas autant géré qu'à la montée et que mon cul en a gardé la trace pendant quelques jours. Enfin, si on met tout ça de côté, cette nuit-là, j'ai eu la meilleure pipe de ma vie.

Je sors de ma douche, propre et libéré d'une érection monstre. J'enfile des vêtements propres, puis quitte ma chambre. En chemin vers la grande salle, je croise Ax ainsi que mon père. Ils me font signe de les suivre. En arrivant dans la chapelle, je me pose sur mon fauteuil et sors mon paquet de cigarettes. Contrairement à son habitude, le Prez ne s'assied pas sur son siège, mais sur la table, juste à côté de moi. Il a son air des mauvais jours et je ne serais pas étonné s'il me disait qu'une merde s'est encore produite.

— Tu as reçu le message du lycée ? demande-t-il.

— Euh ouais, mais comment vous êtes au courant ? Non, laissez tomber, j'ai ma réponse. Grey.

— Tu vas y aller ? m'interroge Rule.

— Tu crois vraiment que j'ai une tête à me rendre à ce truc ridicule ?

— Tu as une sale gueule, alors pourquoi pas ?

Je fusille mon père adoptif du regard avant de me concentrer sur notre président.

— Pourquoi est-ce que vous me demandez si je vais à cette fête ridicule ?

— Parce que c'est ce que tu vas faire, reprend le boss.

— Tu déconnes ?

— J'ai l'air de déconner ?

Je ne réponds pas, encore sur le cul qu'il me demande… non, qu'il m'ordonne d'aller à cette soirée de merde.

— Pourquoi vous voulez que j'y aille ?

— Parce que quelque chose me dit que *Phoenix* sera dans le coin, répond mon vieux.

— Qu'est-ce qui te fait dire ça ?

— Mon intuition. Donc, tu vas aller à cette fête ridicule, comme tu dis, et Xander t'accompagnera.

J'acquiesce même si ça me fait profondément chier de me rendre là-bas. Quand je sors de la chapelle, quinze minutes plus tard, j'ai plus envie de me mettre une mine que de retourner dans cet enfer sur terre qu'était le lycée. Je passe une main sur mon visage tandis que je m'approche du bar. Il n'est même pas quinze heures, mais je m'en fous. Il va me falloir quelque chose de fort, si je veux me faire à l'idée que je vais devoir retourner dans ce putain de bâtiment.

Je m'installe au bar, près de Xan, qui lui aussi semble avoir perdu sa bonne humeur. Je fais signe à Lennox de nous apporter deux verres de whisky, puis me tourne vers mon meilleur ami.

— Bah, qu'est-ce que tu as, Joker t'a mordu le cul ?

— La ferme, Harp, et non, Joker ne m'a pas mordu.

Je remercie Nox lorsqu'il dépose nos boissons devant nous et j'avale une première gorgée.

— On a une mission et elle ne va pas te plaire, lancé-je.

Xander relève sa tête vers moi en haussant un sourcil.

— Dis toujours.

— On retourne au lycée, mon vieux.

Mon meilleur pote jure avant d'avaler cul sec son shot. Je le suis avant de faire de nouveau signe au fils de Cam. Il comprend ce que ça signifie et nous remet une tournée, sans un mot.

— Laisse la bouteille, on va en avoir besoin.

Il fait ce que je lui dis avant de retourner ses occupations. Une main manucurée passe dans mon dos et soudainement, un parfum m'agresse le nez… Melody est de retour.

— Fous-moi la paix, Mel.

Je dois parler chinois ou alors, elle ignore totalement ce que je viens de dire. Dans les deux cas, ça me gonfle. Je tourne mon visage vers elle, pour être sûr qu'elle me comprenne bien une bonne fois pour toutes.

— Casse-toi !

La brebis esquisse une grimace, mais ne se démonte pas. Sa main quitte mon dos pour passer sur mon torse et descendre jusqu'à ma braguette. Ses doigts caressent le renflement de mon jean, mais je la stoppe. Pas que ça ne me plaise pas, mais ce n'est pas le moment.

— Dégage ! Et que je ne le répète pas une quatrième fois, grondé-je.

— Mais…

— Pas de mais. Dégage, du vent !

Vexée, Melody fait demi-tour sur ses hauts talons et part à la recherche d'un autre frère. Ce qu'elle ne manquera pas de trouver, étant donné que certains nomades sont présents durant quelques jours. Xander ricane à mes côtés et je me tourne vers lui en haussant un sourcil.

— Quelque chose te fait rire ?

— Ouais.

— Et quoi donc ?

— Le fait qu'elle va revenir, chaude et mouillée, dans moins de dix minutes. Cette meuf est accro à ta bite.

— Pourtant cela ne l'empêche pas de se taper des frères.

— Ah ça, c'est le grand mystère des femmes.

— Depuis quand tu es si philosophe ?

— Je ne le suis pas, frangin. J'ai juste, contrairement à toi, les yeux ouverts.

— J'ai les yeux ouverts.

— Nope. Ils sont fermés à double tour depuis que ta chatte favorite s'est fait la malle, il y a dix piges. Je crois qu'il y a que ta braguette qui s'ouvre lorsqu'il est question de chatte.

— Tu as bu combien de verre, au juste ?

— Assez pour m'anesthésier.

Je jure dans ma barbe. Voilà pourquoi il faisait la gueule, son bras a beau ne plus être à sa place, parfois certaines sensations reviennent. Généralement, dans ce cas-là, on se bourre la gueule comme on est en train de le faire, avant de baiser la première brebis qui passe. Bon, ce n'est pas toujours dans cet ordre-là, mais je sens que ça va être le cas aujourd'hui.

Comme prévu, nous finissons la bouteille avant d'en entamer une autre. Bien avant que la nuit ne tombe, d'autres frères se sont joints à nous et il n'a pas fallu très longtemps avant qu'on soit tous joyeusement bourrés.

Après quelques heures, je me dévoue pour aller coucher l'ours qui me sert de meilleur ami. Je le ramène jusqu'à sa piaule, non sans difficultés. C'est un véritable poids mort et comme je suis presque aussi bourré que lui, autant dire que ça doit être folklo à voir. Après l'avoir allongé sur le côté, une bassine au pied du lit, je quitte sa chambre pour rejoindre la mienne. Malheureusement, je ne suis pas assez rapide lorsque je referme et Melody parvient à se faufiler. Je soupire avant de claquer la porte et m'adosse à cette dernière.

— Qu'est-ce que tu veux, Mel ?

— À ton avis ?

— Je suis mort donc si tu as besoin d'un petit coup vite fait, va voir quelqu'un d'autre.

Elle esquisse une moue qui se veut séductrice, mais qui, dans mon état actuel, me paraît plus comme une grimace. Je ne bouge pas d'un pouce lorsqu'elle s'approche de moi en roulant des hanches. Elle s'arrête à quelques centimètres de mon corps avant de lever sa main et de laisser traîner son index sur mon tee-shirt. Ce fameux doigt descend jusqu'à la barrière que forme mon jean. Elle crochète le bouton comme une pro, avant de descendre la fermeture éclair. Je ne suis pas dupe de son air innocent, je n'y crois même pas puisqu'elle est tout... sauf innocente.

Sa main passe sous le tissu de mon boxer et vient se poser sur ma queue. Ma tête cogne contre le panneau de bois quand son pouce passe sur mon gland. Mel se met à genoux devant moi, profitant de son mouvement pour descendre ce qui la gêne. Sa bouche ne tarde pas à rencontrer mon sexe tandis qu'une de ses mains vient malaxer mes bourses. Je plonge la mienne dans sa tignasse châtaine et tire légèrement quelques mèches. Elle gémit contre ma peau, mais ne s'arrête pas pour autant. Elle me suce comme si j'étais une putain de sucette et dans mon esprit tordu, je ne peux cesser de la comparer à Charley. Bien évidemment, il y a tout un monde entre elles, mais pendant ces quelques minutes de plaisir, je me prends à imaginer une jeune femme aux cheveux blonds et non châtains.

Ça fait de moi un connard ?

Sans doute, mais pour le moment, je m'en contrefous totalement.

Chioné

CHAPITRE 5

Cette chambre est la mienne, et pourtant, au cours des vingt-huit dernières années, je ne l'ai considérée comme telle qu'une poignée de fois. C'est étrange, je le conçois, mais c'est le cas. Mes géniteurs ne sont pas dans le top dix des meilleurs parents du monde. Je crois même qu'ils feraient partie du top dix des pires. Leonard et Cecilia Prescott n'ont que faire de leurs enfants. Nous ne sommes que des trophées à exhiber, comme ça a été mon cas durant plusieurs années. Mon frère, n'en parlons pas, il est presque pire qu'eux.

Je dépose mon sac de voyage sur le lit, que je n'ai pas utilisé depuis environ dix ans, tout en regardant le musée qu'est devenue cette pièce. Des trophées en tout genre sont disposés sur les étagères et pas un grain de poussière ne vient les entacher.

Bon sang, est-il possible de se sentir aussi étrangère dans une maison qui vous a vu grandir ?

Je crois que oui, car c'est exactement ce que je suis en train de vivre.

Des petits coups provenant de la porte me ramènent sur Terre ainsi qu'un long sifflement. Mays, ma meilleure amie, sans qui je n'aurais pas eu le courage d'être ici, m'a poussée à revenir pour cette maudite fête des anciens élèves.

— Eh bien, dis donc, on ne se croirait pas dans une chambre d'adolescente. On dirait qu'elle sort d'un de ces magazines de déco.

Mays s'installe sur mon lit avant de retirer ses chaussures et de croiser ses jambes.

— C'est le cas. Le décorateur de ma mère a mis le paquet lorsque j'avais onze ans.

— Tu veux dire que tu as cette couleur crème sur les murs depuis que tu as onze piges ?

— Yep.

— Et les posters, tu les planquais où ?

— Aucun poster.

— Aucun, aucun ?

— Pas un seul.

— Franchement, lorsque tu m'en parlais, je ne pensais pas que c'était aussi...

— Monochrome ? Aseptisé ? Neutre ?

— Un truc dans le genre, ouais, grimace-t-elle.

Voilà pourquoi j'adore cette fille. Elle est ma meilleure amie depuis l'université, enfin, elle est ma seule amie. C'est elle qui m'a permis de devenir la femme que je suis aujourd'hui, et non pas la copie conforme de ma mère.

Lorsque je suis à Providence, loin de mes parents, je suis complètement différente. Je m'en suis rendu compte quand j'ai franchi la porte, un peu plus tôt ce matin. Revenir à Salt Lake City fait remonter des souvenirs que j'avais enfouis bien profondément dans un coffre fermé à double tour.

— Ça va aller ? demande Mays en se relevant. Tu vas pouvoir gérer ses prochains jours ?

— Je n'ai pas le choix, je crois. Et puis, ce n'est que pour quelques jours. Dès que cette fête débile sera passée, on saute dans le premier avion pour Providence et on quitte cette ville maudite.

— Je sais que tu n'as pas que des bons souvenirs ici, Char, mais il n'y en a vraiment aucun qui te donnerait envie de rester.

Je tourne mon visage vers elle en haussant un sourcil. Elle est au courant de tout ce qui s'est passé, y compris ma relation avec… *lui.* Je peux dire que je me suis pris une sacrée soufflante lorsque je lui ai raconté notre dernière rencontre. Mays, comme beaucoup de monde, n'a pas compris pourquoi j'avais tout arrêté. Ce n'est que lorsque je lui ai raconté la véritable raison de mon départ, du moins ce qu'elle croit être la vraie raison, qu'elle m'a pris dans ses bras et qu'elle m'a promis que tout irait bien.

— Je ne suis pas là pour ça et tu le sais, Mays.

— Je sais, mais tu ne penses pas qu'il est temps pour toi de tout avouer, et d'enfin, commencer à vivre sans regarder par-dessus ton épaule à chaque mouvement.

— Je vis, Mays. J'ai un boulot super. Un super appartement et une coloc géniale. Que demander de plus ?

— L'amour ?

— Non.

Mon ton catégorique cache en réalité la peur qui irradie mon corps. Je ne crois plus en l'amour depuis ce fameux jour d'été, il y a dix ans. Pas parce qu'on m'a brisé le cœur d'une façon horrible, mais parce que je l'ai fait. C'est moi qui ai brisé le cœur d'un garçon génial en quittant le belvédère sans un regard en arrière. Je sais que mon amie ne comprend pas ma réaction et mon refus catégorique d'approcher la gent masculine depuis presque une décennie.

— Comme je te l'ai dit, je ne suis pas là pour ça. Pourquoi ressasser le passé ? Il a sans doute une femme depuis le temps. Crois-moi, il ne m'a pas attendue durant toutes ces années.

Son visage grimaçant n'augure rien de bon. Je soupire en m'installant à ses côtés et ne la quitte pas du regard.

— Qu'est-ce que tu as fait, Mays ?

— Moi ? Rien du tout.

— N'oublie pas que ça fait quelques années que je te connais maintenant, donc je sais quand tu mens. Or, c'est ce que tu viens de faire, juste à l'instant.

— Très bien, j'ai peut-être fait quelque chose.

— Qui est ?

— J'aifaitquelquesrecherchesursonclub.

— Tu as quoi ?!

J'ai hurlé, mais je m'en fiche. Mes parents, comme à leur habitude, ne sont pas là. Il n'y a que Claire, la gouvernante.

— Dis-moi que tu n'as pas fait ça, Mays ?

— Si je l'ai fait, et crois-moi, j'en ai chié. Ces gars sont très doués pour couvrir leurs traces, quoique, pas autant que moi.

Je me lève et passe une main dans mes cheveux tout en

faisant les cent pas. C'est officiel, Mays est folle en plus d'être suicidaire. Bon Dieu, s'ils apprennent que c'est elle, elle est dans la merde jusqu'au cou. Je suis tiraillée entre ma curiosité de lui demander ce qu'elle a trouvé et l'envie de la frapper, d'être aussi inconsciente.

— Tu ne te rends pas compte dans quoi tu t'es fourrée, dis-je.

Mays hausse les épaules et ignore ma dernière phrase.

— Tu ne veux pas savoir ce que j'ai trouvé ? demande-t-elle avec un petit sourire en coin.

— Non.

— Qui est-ce qui ment là ?

— Je ne mens pas. Je ne veux pas savoir, c'est tout.

J'attrape le sac que j'ai posé sur mon lit, puis me dirige vers ma penderie. Je commence à ranger mes affaires méthodiquement, certaines habitudes ont la vie dure, tout en essayant de penser à autre chose qu'à sa proposition.

Une fois ma valise vide, je me tourne vers ma meilleure amie qui n'a pas bougé. Les mains sur les hanches, je me fustige mentalement puis m'approche d'elle. Elle lâche son téléphone et m'adresse un grand sourire.

— Qu'est-ce que tu as trouvé ? marmonné-je tout en me maudissant d'être aussi faible.

Elle ouvre la bouche, prête à parler, lorsque de légers coups résonnent contre la porte. Je me tourne vers Claire, la gouvernante de la maison.

— Je suis désolée de vous déranger, mademoiselle Charlesia, mais il y a quelqu'un qui vous attend en bas.

— Combien de fois, je t'ai dit de m'appeler Charley, Claire ?

— De nombreuses fois, mademoiselle.

La gouvernante m'adresse un petit sourire en quittant le couloir. Je soupire en passant une main dans ma tignasse puis je me tourne vers ma meilleure amie.

— On n'a pas fini.

Elle balaie ma phrase de la main, avant de se lever et de se précipiter vers le rez-de-chaussée. Je me demande bien qui pourrait être là. Je n'ai gardé de contact avec personne ici lorsque je suis partie. La plupart de mes « amies » n'étaient là que pour mon nom de famille. Pas pour qui j'étais, non, juste pour le prestige de la famille Prescott. Il n'y a qu'une seule et unique personne qui a réussi à voir au-delà des apparences et comme l'imbécile que j'étais et que je suis toujours d'ailleurs, j'ai tourné les talons, lui brisant le cœur.

Je réfléchis toujours à qui peut bien me rendre visite, lorsqu'une voix, que je reconnaîtrais entre mille, manque de me faire louper une marche. Je pose une main sur mon cœur, essayant de réguler mon rythme cardiaque, mais en vain. Cela fait presque dix ans que je ne l'ai pas entendue, si ce n'est dans mes pires cauchemars. J'entends mon amie m'appeler, mais je n'ai aucune envie de retrouver le hall d'entrée, bien que je semble ne pas avoir le choix. Je dois donner le change tant que je suis ici. Personne ne doit savoir ce qu'il s'est passé.

Je descends la dernière marche qui me coupe du vestibule et me pare de mon plus beau masque de froideur. Hors de question qu'il voit ce que je ressens en ce moment.

— Ah bah, la voilà, j'ai cru que tu étais devenue sourde, raille ma meilleure amie sans se douter un seul instant qu'elle est en train de faire du charme au diable.

— Non, mon ouïe va très bien, merci, Mays.

Elle fronce les sourcils, je vois son regard interrogateur,

mais je l'ignore. Au lieu de cela, et même si la chair de poule me parcourt l'échine, je tends ma main en direction de l'homme qui nous fait face.

— Samuel.

— Charlesia.

Je ne le reprends pas comme j'ai pu le faire avec Claire, quelques minutes plus tôt. Lui ne mérite pas de m'appeler par mon surnom. Il ne mérite rien venant de moi, si ce n'est que du mépris.

— Que me vaut l'honneur de ta visite ? questionné-je curieuse de la raison pour laquelle il se trouve ici.

— J'ai entendu dire que tu étais en ville et je me suis dit que j'allais passer te dire bonjour. En toute courtoisie, bien évidemment.

C'est faux, du moins en partie. Samuel n'est pas réputé pour sa courtoisie.

— Voilà chose faite, je suis désolée de ne pas pouvoir te parler plus longtemps, mais j'ai mes bagages à défaire.

— Aucun souci. Je venais juste te souhaiter un bon retour à Salt Lake City.

Son sourire n'a rien de charmant et encore bien moins amical. Il est malveillant, il l'a toujours été, tout comme son père. En même temps, le fruit ne tombe pas loin de l'arbre. Après une dernière courbette, il quitte le manoir et je peux enfin respirer. Mon corps prend conscience que le loup n'est plus dans la bergerie et se détend. Trop, apparemment, puisque je chancelle et Mays vient me soutenir, pour éviter que je me fracasse le crâne contre la console en bois massif.

— Tu veux bien m'expliquer ce qui vient de se passer ? demande-t-elle, inquiète.

— Rien.

— Ne me dis pas rien, Char. On aurait dit une véritable statue de glace lorsque tu es descendue et là, tu manques de t'effondrer.

— Je...

— N'essaie même pas de me mentir.

Elle me fait marcher jusqu'au salon et je m'installe sur l'un des sofas qui sont là, plus pour la décoration que pour le confort. Ma meilleure amie s'absente quelques secondes avant de revenir, munie d'un verre d'eau.

— Alors, qui est ce type qui sort tout droit de la Grèce antique ?

— Samuel Van Der Grof. Un connard avec qui j'étais au lycée.

— Et qu'est-ce qu'il s'est passé avec lui ?

— Absolument rien. Ce qu'il n'a jamais apprécié.

— Parce que tu étais avec Harper ?

— En partie. Même avant que je ne commence à sortir avec Harper, il était du genre... insistant.

— Insistant comment ?

— Vraiment insistant.

HARPER

CHAPITRE 6

Bordel de merde, qui a oublié de fermer ses putains de rideaux ?!

Je bouge afin de bloquer la lumière qui m'agresse les yeux lorsque je sens que je ne suis pas seul. Je soupire quand je reconnais le parfum de Melody. D'une main, j'essaie de la réveiller, pour qu'elle se tire, mais sans succès. Putain ! Elle sait très bien qu'elle ne doit jamais rester après une partie de baise.

Au bout de ma troisième tentative, elle bouge enfin, se tournant sur le ventre, la croupe relevée, prête à être prise. Elle espère sans doute un autre round, ce qui ne risque pas d'arriver.

— Casse-toi, parvins-je à dire à travers mon oreiller lorsque je sens sa main passer sur mon torse.

— Mais, je croyais que...

— Tu croyais que dalle, casse-toi avant que je m'en charge.

— Connard !

Elle a raison, je suis un véritable connard, mais je m'en contrefous complet. Un grand sourire se dessine sur mes lèvres quand je l'entends me traiter de tous les noms, avant de quitter ma chambre en claquant la porte.

Eh ouais, chérie, tu connais les règles.

Comme il est impossible de me rendormir, je vire l'oreiller, l'envoyant balader quelque part dans la pièce. Je pose mes pieds à terre et passe une main sur mon visage. J'ai la bouche pâteuse et mes yeux ont du mal à se décoller, mais après une bonne douche tout sera comme neuf.

Je grogne, je m'apprête à gueuler quand la porte s'ouvre, mais je me stoppe lorsque je constate qu'il s'agit de Xander.

— Bonne soirée, mon pote ?

— La ferme, tu étais pire que moi, hier soir.

— Peut-être, mais dans tous les cas, j'ai une meilleure gueule que toi.

Je ronchonne tout en essayant de calmer les cymbales qui s'amusent à jouer pleine bourre dans mon crâne.

— Qu'est-ce que tu fous là, X ? demandé-je en me massant les tempes.

— Il me faut une raison spéciale pour venir voir mon pote ?

Je le regarde en mode « ne te fous pas de ma gueule » et mon meilleur ami explose de rire, avant de relever sa casquette et de masser son cuir chevelu.

— Quoi ? répliqué-je en reconnaissant son geste empli de stress

— Il y a eu une nouvelle attaque cette nuit.

— Attaque ?

— Phoenix.

Je jure avant de passer mes mains sur mon visage. Mes doigts s'arrêtent sur ma barbe avant de relever les yeux vers mon meilleur ami.

— Dans quel dossier est-il entré cette fois ?

— C'est là que ça devient problématique, on n'en sait rien.

— Comment ça ?

— Il a complètement disparu après s'être introduit dans le système.

— Comme s'il voulait juste qu'on sache qu'il est là.

Xander hoche la tête et sort son téléphone de son cuir lorsque ce dernier se met à sonner. L'objet collé contre son oreille, il m'est impossible de savoir à qui il parle. Xan ne répond que par des monosyllabes, donc aucune chance de reconnaître son interlocuteur. Quand il raccroche, son regard en dit beaucoup plus sur ce qu'il se passe que n'importe quel mot.

— Qu'est-ce qu'il se passe encore ?

— Il y a quelqu'un au portail. Elle t'attend.

— Elle ?

Mon meilleur pote ne m'aide pas plus quant à l'identité de cette personne. Je me lève et file sous la douche avant d'en sortir cinq minutes plus tard. Xander n'est plus dans ma chambre. Je m'habille rapidement, puis quitte ma piaule pour me diriger vers le portail. Je salue ceux que je croise, dont ma sœur qui semble avoir bu beaucoup trop de café. On dirait une puce sur un chien un jour de foire à la fourrure.

— Tu as pris combien de litres de café depuis ton réveil ? l'interrogé-je.

— Presque autant que d'alcool que toi, hier soir !

Harley m'adresse un clin d'œil avant d'en avaler une nouvelle gorgée. Je ricane, puis quitte le salon pour rejoindre la grande cour.

En arrivant à l'extérieur, je sors mon paquet de clopes et en coince une entre mes lèvres. Tout en l'allumant, je me dirige vers le portail. Nox me salue d'un signe de tête avant de reprendre son activité.

Une fois la barrière passée, je relève mon visage vers une femme d'une cinquantaine d'années qui ne m'est pas inconnue, mais que je n'ai pas vue depuis un bail. Il me semble que la dernière fois, c'était quelques jours avant le départ de Charley. Elle n'a pas changé malgré la décennie qui vient de s'écouler.

— Qu'est-ce que vous faites là ? la questionné-je.

— Vous êtes déjà au courant de son retour, n'est-ce pas ?

— Oui.

— Vous n'êtes pas le seul. Samuel Van Der Grof est passé au manoir.

Aussitôt, mon corps se tend en entendant le nom de cet

enfoiré. Samuel Van Der Grof est le fils d'un riche magnat du pétrole. Déjà au lycée, ce gros con pensait être le roi du monde, il avait la popularité, l'argent et la belle gueule, mais comme souvent, il s'est avéré être un véritable enfoiré. Il se pensait bien au-dessus des autres, mais surtout, il se croyait meilleur que moi et il voulait Charley. Je ne me rappelle plus le nombre de fois où j'ai failli lui casser la gueule. Failli seulement, parce qu'à l'époque personne ne savait pour elle et moi. Si je lui avais fracassé le crâne sans raison apparente, cela aurait éveillé des soupçons. Ce que mon petit glaçon n'aurait pas apprécié.

— Qu'est-ce qu'il voulait ?

— À votre avis.

— Putain, il ne perd pas de temps, cet enfoiré, juré-je en faisant les cent pas tout en imaginant plusieurs scénarii pour faire souffrir ce fils de pute.

— Harper...

Je redresse mon visage vers la gouvernante de la famille Prescott.

— J'ai peur pour elle, déclare-t-elle en déglutissant difficilement. Il y a toujours eu une aura malfaisante autour de cet homme et elle n'a pas diminué avec l'âge, bien au contraire.

— Il ne lui arrivera rien.

— Je le sais, Harper. J'ai toujours eu confiance en vous pour la protéger.

— Ouais.

Claire s'approche de moi et pose une main sur mon épaule. Cette femme a toujours été comme une mère de substitution pour Charley, en même temps, c'est elle qui l'a élevée. Malgré son air sévère, elle est une crème et elle ferait tout pour protéger la cadette Prescott.

— Je sais qu'elle vous a brisé le cœur lorsqu'elle est partie. Je ne connais ni les tenants ni les aboutissants de votre histoire, mais je ne l'ai jamais vue aussi heureuse qu'en votre présence. Cette petite est comme ma fille, j'ai bien senti la peur émaner d'elle lorsqu'elle l'a vu dans le hall de la maison. Son visage s'est refermé quand elle est arrivée dans le vestibule et ça faisait bien longtemps que je ne l'avais pas vue comme ça. J'ignore ce qu'il s'est passé entre eux, mais j'ai un mauvais pressentiment. S'il vous plaît, Harper, protégez-la.

Le regard de la gouvernante est vraiment inquiet et je regrette déjà les mots qui sortent de ma bouche.

— Je ferai ce qu'il faut.

HARPER

CHAPITRE 7

La promesse que j'ai faite à Claire me pèse déjà. Pourquoi est-ce que j'ai fait ça, putain ? Ce n'est pas comme si Charley allait rester. D'après la gouvernante, elle repart directement après cette foutue fête des anciens élèves, qui est dans deux putains de jours. Comment est-ce que je vais pouvoir la protéger, tout en sachant qu'être près d'elle va causer beaucoup plus de dégâts qu'une balle en pleine tête ? Rien que de la savoir en ville me retourne complètement, alors je n'ose imaginer si je m'approche d'elle.

Après son départ, je retourne dans l'enceinte du club et pars en direction du hangar où sont entreposées les motos ainsi que quelques voitures. Depuis mon arrivée ici, j'ai toujours adoré passer des heures avec Creed, le road captain, à rafistoler des motos ou des voitures. Il m'a donné sa passion de la mécanique et lorsque j'ai besoin de faire le vide, c'est le nez dans le moteur que j'y parviens le mieux. Bricoler m'a beaucoup aidé durant mon adolescence, en plus de Charley et du dessin, ça m'a permis de mieux contrôler mes émotions. Surtout la rage qui m'envahissait de jour en jour.

**

J'ai l'impression que la haine va me consumer. Je n'en peux plus. J'ai horreur de cette sensation, parce que ce n'est pas moi, mais depuis que je sais ce qui est arrivé, les conditions de ma naissance, j'ai ces flammes de fureur dans les veines. Mon comportement a également changé. Je suis plus sanguin, plus imprévisible, plus… dangereux.

Ces derniers jours ne dérogent pas à la règle, je détruis tout sur mon passage. Hier, j'ai fait chialer ma sœur, mais sur le moment, je m'en moquais totalement. Il fallait que j'évacue tout ce trop-plein. Quand Rule a vu les dégâts que j'ai causés, il n'a pas dit un mot. Il m'a juste fait un signe de tête en direction de l'extérieur. Ma mère, Harley, pleurait à chaudes larmes, mais tant que je n'étais pas calmé, cela ne m'a rien fait. Ce n'est qu'après. Une fois la colère redescendue, je m'en suis voulu. Après tout, elle n'y était pour rien. Rien n'est sa faute, mais les mots ne sortent pas, ce qui la blesse encore plus, alors je m'éloigne.

Aujourd'hui, rebelote. Après avoir quitté la maison, je roule pendant je ne sais combien de temps avant de faire demi-tour et de me rendre au club. Comme lorsque j'étais gamin, je me dirige vers le hangar où toutes les voitures et les motos sont entreposées. Creed y est, comme d'habitude. À croire qu'il passe sa vie ici.

Il relève la tête en me voyant. Pas un mot ne sort de sa bouche, ce que j'apprécie. J'attrape ma boîte à outils qui se trouve sur l'établi et m'approche de lui. Durant l'heure qui suit, il m'explique diverses choses sur ce qu'il est en train de réparer. Il y a quelques semaines, Grey a eu un accident et sa moto est bien amochée.

Plus le temps passe, plus la colère, qui m'habite, redescend.

Lorsque je rentre à la maison, je m'excuse et passe une bonne partie de la nuit à ranger ce que j'ai bousillé. Rule m'aide sans un mot. Sa présence est salvatrice, même si je sais que je l'ai déçu.

Une fois que tout le monde est endormi, je quitte de nouveau l'immeuble le plus discrètement possible. Je pousse ma moto jusqu'au bout de la route et c'est seulement à ce moment-là que je démarre. Je roule jusqu'à la sortie de la ville où se trouve le belvédère.

Un texto et une demi-heure plus tard, une voiture se gare près de ma bécane. Charley m'a rejoint et, pour une fois, nous ne baisons pas comme des ados en rut. Elle reste blottie contre moi, sans me poser aucune question, à me caresser l'avant-bras. Cela ne fait que quelques semaines que nous traînons ensemble en secret. À part baiser, nous ne faisons pas grand-chose d'autre, mais j'ignore pourquoi, ce soir, je déballe tout ce que j'ai sur le cœur. Tout ce qui me ronge de l'intérieur. Absolument tout.

**

C'était la première fois que je me confiais de cette manière et je ne l'ai jamais regretté. Elle n'a jamais trahi le moindre de mes secrets, même après son départ.

Au bout de plusieurs heures, je décide de bouger mon cul, je quitte l'atelier et allume une clope. Je m'adosse contre le mur et observe les trous du cul vêtus de cuir qui me servent de frères. Chacun d'entre eux est occupé, mais les rires ou les insultes sont bien présents. Quand j'étais dans l'armée, j'ai retrouvé cette fraternité qui nous unit tous, mais c'était différent. Ici, c'est ma famille.

J'échappe à mes pensées lointaines lorsque Joker vient s'installer à mes pieds. Si le chien est ici, le maître ne doit pas être bien loin.

Il ne faut que quelques secondes à Xander pour sortir de sa cachette et venir se placer près de moi. Dans le silence, nous fumons nos clopes et plus le temps file, plus je redoute ce que va me dire mon meilleur ami.

— Elle était là pour elle, pas vrai ?

— Ouais.

Je n'ajoute rien de plus et Xan ne cherche pas à connaître la véritable raison de la visite de Claire. Il sait qui elle est et, dès qu'il a su qu'elle était là, il savait pourquoi. Elle n'est venue qu'une fois ici, il y a dix ans. Je me souviens que c'était lorsque Charley n'était pas rentrée de la nuit. La pauvre était extrêmement inquiète et, comme elle savait que je la fréquentais, elle m'a demandé de l'aider à la trouver. Bien évidemment, j'ai immédiatement su où chercher. Il n'y avait pas trente-six endroits où mon petit glaçon allait pour s'évader de son quotidien plus que quadrillé.

— Samuel est venu chez elle, expliqué-je.

Comme moi un peu plus tôt, le corps de mon pote se tend en entendant le nom du petit prince, comme il l'appelle. X n'a jamais pu le piffer et c'était réciproque. Je crois même que s'il n'avait pas porté nos couleurs, Samuel n'aurait pas hésité à faire de sa vie un enfer, mais frileux comme il est, ce bouffon a rapidement compris à qui il avait affaire.

— Qu'est-ce qu'il voulait ?

— À ton avis ?

— Putain, j'aurais dû le buter dès la fin du lycée ! marmonne mon frère.

— Et tu aurais fini en taule.

— Peut-être, mais au moins, le monde se porterait beaucoup mieux sans ce trou du cul.

— Tu as sans doute raison.

J'écrase mon mégot et le dépose dans le petit cendrier qui se trouve vers la porte.

— Qu'est-ce que tu vas faire ? demande Xander, toujours accolé au mur du hangar.

— Ce que je fais toujours.

La sonnerie de mon téléphone m'annonce que j'ai un message. J'attrape l'appareil qui se trouve dans ma poche et fronce les sourcils lorsque je lis le texto. Tout mon corps se met en surchauffe tandis que je lis l'unique mot écrit. Mon frangin me parle, mais je ne l'écoute pas et me dirige sans attendre vers ma bécane. J'ai une visite à rendre.

Chioné

CHAPITRE 8

Je ne sais pas pourquoi j'ai fait ça. Mays a paru surprise lorsque je lui ai demandé de me conduire au belvédère, mais elle l'a fait.

**

— Tu veux que je reste ? demande-t-elle alors que je détache ma ceinture de sécurité.

— Non, ça va aller, j'ai besoin d'être un peu seule.

— Tu es sûre ?

Je hoche la tête avant d'ouvrir la portière passagère. La main de ma meilleure amie se pose sur son bras et l'inquiétude fige son regard.

— Tu ne fais pas de bêtise, hein ?

— Bien sûr, tu me connais.

— *Justement.*

— *Je t'appelle.*

**

Je suis descendue de la voiture et j'ai attendu qu'elle disparaisse totalement avant de m'installer près de l'arbre qui domine le belvédère. J'ai toujours adoré ce vieux chêne, sans vraiment savoir pourquoi. Il m'a toujours paru fort, indestructible. Comme Harper. La seule différence, c'est que maintenant, je sais qu'il ne l'est pas. C'est un homme comme chacun d'entre nous.

Je ne sais pas vraiment combien de temps je reste ici, mais suffisamment pour que le soleil commence à décliner. L'air se rafraîchit, marquant ma peau de chair de poule. C'est le son familier d'une moto qui me sort de mes pensées et de mes souvenirs.

Je tourne la tête en direction du motard et sa surprise me ferait presque sourire si ses yeux n'étaient pas aussi noirs. Harper a beaucoup changé au cours de ces dix dernières années. Il n'est plus l'adolescent qu'il était autrefois et c'est en partie à cause de moi. Il est plus musclé, plus fort, plus... sexy.

Je ne peux empêcher mes joues de se colorer lorsqu'il descend de sa bécane et s'avance dans ma direction. Les yeux fixés droit sur moi, je peux tout de même le voir sortir son paquet de cigarettes de sa poche. Au moins, une chose qui n'a pas changé.

— Pourquoi tu m'as fait venir ? demande-t-il d'une voix grave qui fait trembler chaque parcelle de mon corps.

— Claire est venue te voir ?!

Harper ne répond rien, mais je l'imagine très bien hocher la tête.

— Elle n'aurait pas dû, soufflé-je.

— Pourquoi ?

Je tourne mon visage vers celui de mon premier amour. Son regard me pétrifie sur place, même s'il est tout sauf chaleureux, je ne peux empêcher les papillons de faire des acrobaties dans mon ventre. La chaleur que je ressens en sa présence est si semblable à celle que je ressentais il y a quelques années, que ça me fout la trouille.

— Parce que ce n'est pas à toi de gérer Samuel.

La douleur qui transparaît dans ses yeux ne dure qu'une microseconde, mais je l'ai vue et je m'en veux. Je mordille ma lèvre inférieure tout en me concentrant sur le paysage qui nous fait face. Le silence qui nous entoure est pesant. Il termine de fumer sa cigarette avant de venir s'installer près de moi, mais j'ai l'impression qu'un vide, tel que le grand canyon, nous sépare. C'est la première fois que ça arrive et je déteste ça. Même lorsque je suis partie, je n'ai jamais ressenti cette solitude.

— Alors, pourquoi m'avoir envoyé ce message, petit glaçon ?

Mon surnom dans sa bouche agite les papillons dans mon estomac et il me faut une bonne inspiration avant de lui répondre.

— Je n'en sais rien, avoué-je tristement. Je... Je me suis dit que je ne pouvais pas revenir ici sans que tu sois là.

Je tourne mon visage vers le sien et constate qu'il m'observe attentivement. Il cherche sans doute le mensonge dans mon regard, mais il ne le trouve pas, parce que je ne mens pas. Cet endroit est le *nôtre.* Je me souviens comme si c'était hier du jour où il me l'a fait découvrir.

**

Installée derrière Harper, je me blottis contre son dos lorsqu'il augmente la vitesse de sa moto. C'est la première fois que je monte sur un engin pareil et la liberté qui s'empare de moi est grisante. Je souris contre ses omoplates et ferme les yeux quelques secondes, m'imaginant dans un autre monde. Un monde où je pourrais être qui je suis réellement et non pas une vague copie de ma génitrice. Être avec Harper est au-delà de ce que j'avais espéré. Après tout, nous venons de deux milieux complètement opposés, mais contrairement à ce que l'on pourrait croire, nous ne sommes pas si différents que ça.

Je me niche un peu plus contre lui, du moins, jusqu'à ce qu'il s'arrête. Je décolle mon visage de son blouson et je regarde autour de moi.

— Où est-ce qu'on est ? demandé-je en admirant la beauté des lieux.

— *Aucune idée, me répond-il avec un grand sourire.*

Sourire qui me fait fondre une fois de plus. Si chaque personne de mon milieu a un vice, pour ma mère, ce serait le vin, mon père, le boulot, pour moi, ce serait Harper. Je ne sais pas comment il a réussi à voir au-delà des apparences, mais je suis heureuse qu'il l'ait fait. Tout a commencé il y a quelques semaines, lorsque nous avons été obligés de travailler ensemble pour un exposé. J'ai, bien évidemment, pensé qu'il n'était qu'un glandeur, mais j'ai été surprise par son intelligence. D'ailleurs, il s'est bien foutu de ma gueule ce jour-là, mais au lieu de m'offusquer et de quitter la pièce, j'ai ri. J'ai ri comme jamais je ne l'avais fait auparavant.

Depuis, nous sommes devenus amis. Enfin, il est devenu mon seul ami. Le seul qui me voit telle que je suis.

— Allez, on descend.

Harper me fait un sourire en coin avant de tapoter ma cuisse. Je descends de son cheval d'acier et m'approche du vieil arbre dont l'écorce est magnifique.

Ses mains sur ma taille me font sursauter et je me retourne vers lui.

— Je savais que cet endroit te plairait, réplique-t-il, amusé.

— Je croyais que tu ne savais pas où nous étions.

*Il m'adresse un clin d'*œil avant de s'écarter, provoquant un semblant de vide autour de moi. J'aime son côté tactile. Je n'ai jamais connu ça, mes parents *sont du genre… absent pour ne pas dire autre chose.*

— Pourquoi tu m'as emmenée ici ? demandé-je en le suivant près du rebord.

— La beauté du paysage. Tu rêvasses souvent en cours, donc je me suis dit que cet endroit te plairait.

Comment est-ce qu'il sait ça ? Pas que je me cache de l'ennui mortel que sont les cours, mais je ne pensais pas qu'il l'avait remarqué. Je me place à ses côtés et je suis éblouie par la vue à couper le souffle. Harper passe un bras par-dessus mes épaules avant de me tirer vers lui. Je me blottis contre son torse, humant son odeur qui fait battre mon cœur. Je ferme les paupières, un court instant, et lorsque je les rouvre, je plonge mon regard dans celui du biker. Son visage n'arbore plus ce petit sourire en coin. Ses yeux brillent d'une façon qui me trouble beaucoup plus que je ne voudrais l'admettre.

Alors quand il approche son visage du mien, je me laisse

faire. Je me laisse faire parce qu'il s'agit d'Harper. Je sais que, contrairement au reste de mon entourage, jamais lui, ne me fera de mal.

**

Ce souvenir comprime l'organe dans ma poitrine et je sais que l'homme à mes côtés pense à la même chose. Comment je le sais ? Parce que son regard est exactement le même que treize ans auparavant.

CHAPITRE 9

Charley fixe l'horizon. Elle n'ajoute pas un mot et cela m'énerve. J'aimerais qu'elle parle, qu'elle m'explique la raison de ma présence ici et pas seulement l'excuse bidon qu'elle m'a sortie. Je prends une cigarette dans mon paquet, la coince entre mes lèvres avant de l'allumer à l'aide de mon zippo aux couleurs du club. J'expulse la fumée de mes poumons tout en plongeant mon regard droit devant moi.

Être aussi près d'elle, sans pour autant la toucher, provoque bien plus de choses que n'importe quelle brebis qui s'est glissée dans mon lit ces dix dernières années.

Pourquoi ? Je n'en ai aucune putain d'idée, mais je n'aime pas ça.

Je tire une dernière fois sur ma sèche avant de l'écraser.

Je me lève, ne supportant plus ce silence pesant qui nous entoure. Si elle ne veut pas parler, tant pis, moi, j'en ai marre. Je me dirige vers ma bécane lorsque sa voix fend l'air. Je m'arrête, ferme les yeux un instant avant de me retourner.

— Quoi ? m'exprimé-je d'une voix lasse. J'en ai marre d'être pris pour un con, Charley, et surtout, j'ai autre chose à foutre que de rester le cul posé ici avec le silence comme seule compagnie.

— Je...

— Tu quoi, hein ? Tu crois que revenir après dix ans efface tout ? Tu penses que ramener ton joli petit cul ici va tout changer ?

— Non, je...

— Tu, que dalle, Charley ! Lorsque la vraie raison de ma présence ici sortira de ta bouche, là, je serais prêt à t'écouter, or ce n'a pas l'être le cas, donc je me casse.

Ses yeux s'humidifient. Mes mots la blessent, mais elle ne dit rien. Elle assimile toute ma tirade, se recroquevillant sur elle-même au fur et à mesure de mes paroles. Ça me fait mal de la voir comme ça, mais je ne peux pas m'en empêcher, il faut que ça sorte. Dix ans que ça pullule au fond de moi et c'est la première fois que j'ai l'occasion de le lui sortir.

— Tu as tourné le dos à tout ce qui t'était cher en te barrant à Providence. Tout. Moi, y compris.

— Je n'avais pas le choix !

Son aveu me coupe dans mon élan. Les larmes dévalent à présent ses joues, mais je ne bouge pas alors que mes doigts me démangent de la serrer contre moi. Je la regarde s'effondrer face à moi. Ses pleurs brisent quelque chose dans ma poitrine, mais il m'est impossible de rester impassible plus longtemps, même si je risque de le regretter.

Je m'approche d'elle, m'accroupis à quelques centimètres de son corps et enroule mes bras autour de ses épaules. Elle s'accroche à mon cuir comme tant de fois auparavant, sauf que cette fois-ci quelque chose a changé. Je ne sais pas ce qu'il se passe et ça me fout les nerfs en pelote.

Son corps se secoue sous l'effet de sa respiration laborieuse. Ma main caresse son dos pour essayer de la calmer, ce qui n'arrive qu'au bout de plusieurs minutes.

— Je-je suis dé-désolée, Harper, sanglote-t-elle. T-tellement désolée.

— Qu'est-ce qu'il s'est passé, C ?

— Je-je ne sais pas comment c'est arrivé, m-mais il fallait que je-je parte. Je n'en pouvais plus, Harper et te garder auprès de moi ne t'aurait fait me détester qu'encore plus.

— Ça, tu n'en sais rien, puisque tu ne t'es pas confiée à moi, petit glaçon. Tu savais que tu pouvais tout me dire. Après tout ce qu'on a vécu, je croyais que tu avais plus confiance en moi que ça.

Elle redresse son visage humide vers moi. La voir ainsi est toujours aussi douloureux que lorsque nous étions ados. J'essuie, à l'aide de mon pouce, le ruisseau de larmes qui s'écoulent sur ses joues.

— Je ne pourrai jamais te détester, Charley, chuchoté-je. Et ce n'est pas faute d'avoir essayé.

Son regard doré me fixe, une émotion bien connue est gravée dans ses iris.

Bordel, qu'a-t-il bien pu se passer il y a dix ans ?!

Mes yeux plongent dans les siens, aucun de nous ne se détourne. Ce n'est pas la première fois que nous nous voyons en position de faiblesse, l'un comme l'autre, mais cette fois-ci à un goût de non-dit. Celui qui vous prend aux tripes avant que tout vous explose à la gueule.

— Parle-moi, C.

— Je-je ne peux pas, Harper.

Sa réponse ébrèche ma patience. Elle se fout de ma gueule, ce n'est pas possible ! Elle ne peut pas se mettre dans des états pareils, sous mes yeux, s'excuser pour quelque chose que j'ignore, avant de m'annoncer qu'elle ne peut rien me dire.

Je m'écarte de son corps beaucoup trop tentant, avant de me redresser. J'en ai marre de ses petits jeux à la con, dans lesquels je tombe chaque fois. Si elle ne veut rien me dire, tant pis, je me casse.

— Quand, enfin, tu arrêteras de jouer, Charley, tu m'appelles. Parce que là, j'ai pas la patience de chercher ce que veulent dire tes foutues énigmes.

— Harper...

— Non, j'en ai marre ! C'est toujours la même chose, tu pleures, je te réconforte et finalement, je m'en prends plein la gueule. Tout compte fait, tu n'as pas tant changé que ça.

Je fais un pas en arrière, suivi d'un deuxième et d'encore un autre. Lorsque j'arrive près de ma bécane, Charley est toujours au sol en train de sangloter. Je me retiens d'y retourner et, à la place, j'enfile mon casque. J'enjambe ma moto, allume le moteur avant de jeter un dernier regard dans sa direction. Elle se relève doucement et s'approche de moi. Je fronce les sourcils, la laissant faire. Sa main essuie rageusement les traces de sa tristesse tandis que ses iris dorés plongent dans le bleu des miens, avant que ses doigts viennent rejoindre ma joue.

— Je te l'ai dit, Harper. Si tu savais tout, tu me détesterais encore plus.

— C'est bien ça le problème, Charley. Peu importe ce que tu as à m'avouer, jamais je ne te détesterai.

Je remonte ma béquille tandis qu'elle s'écarte. Mes mains tremblent pendant une bonne partie du trajet, tout comme les battements de mon cœur qui menacent d'exploser. La route jusqu'au club se fait dans le brouillard.

Lorsque j'arrive au MC, j'ignore les gars qui sont à l'extérieur et file directement en direction du bar. J'attrape la première bouteille d'alcool qui se trouve sur le comptoir puis me dirige vers ma piaule. La porte claque contre le mur lorsque je l'ouvre, je ne suis pas surpris de découvrir Melody allongée dans mon lit, à moitié nue.

— Qu'est-ce que tu fous là ? demandé-je sans ménagement.

— À ton avis, beau gosse, répond-elle en se redressant. Je te sens bien tendu, H, et mon petit doigt me dit qu'un massage te ferait du bien.

Mél descend du lit et roule des hanches jusqu'à moi. Son attitude aguicheuse devrait me faire bander, sauf que ce n'est pas le cas. Ma queue ne tressaille même pas sous mon jean alors que son index passe sur mon tee-shirt. J'avale une bonne gorgée d'alcool, espérant que cela fera disparaître la centaine d'insectes qui parsèment ma peau sous son toucher.

— C'est ça que tu veux, bébé ? ajoute-t-elle en déboutonnant mon jean et en plongeant sa main dans mon caleçon.

Ma tête cogne le battant de la porte quand elle part en arrière. Je prends une nouvelle gorgée d'alcool avant de mordiller ma lèvre inférieure. La brebis s'agenouille tout en descendant mon jean ainsi que mon caleçon. Sa langue s'enroule autour de ma queue, la réveillant doucement. Mes doigts dans ses cheveux, les yeux fermés, j'imagine quelqu'un d'autre à sa place, ce qui redresse immédiatement ma verge. Pensant qu'elle en est à l'origine, Melody s'emploie à me sucer plus fort, plus profondément.

Je l'entends gémir quand elle passe son autre main entre ses cuisses. Qu'elle se fasse du bien, car je ne compte pas plonger un doigt en elle. Non, parce que dans ma tête, ce n'est pas sa bouche que je suis en train de baiser, mais celle que j'ai quittée il y a un peu moins d'une demi-heure.

Chioné

CHAPITRE 10

Je crois que je comprends ce qu'Harper a vécu lorsque je suis partie sans me retourner. Peut-on avoir le cœur brisé, même dix ans après ? Je crois bien, car le mien vient de voler en mille morceaux. J'essuie les quelques larmes qui terminent leur voyage sur mes joues.

Sortant mon téléphone de la poche arrière de mon jean, je laisse mes doigts taper, par automatisme, jusqu'au dernier numéro que j'ai appelé et je m'éclaircis la gorge avant de le coller à mon oreille.

— *Charley, ça va ?*

— Tu peux venir me chercher ?

Je ne sais pas si c'est ma voix ou encore mon reniflement, pas très féminin, mais Mays semble sur le pied de guerre.

— *Qu'est-ce qu'il s'est passé ?*

— Mays…

— *D'accord, je vais te laisser tranquille, mais à mon arrivée, tu as intérêt à tout me raconter.*

Je hoche la tête, même si elle ne me voit pas, puis raccroche. Ma meilleure amie apparaît quelques minutes plus tard. Elle descend et me prend dans ses bras quand les vannes s'ouvrent de nouveau. Comme Harper quelque temps auparavant, elle passe une main dans mon dos et me sert contre elle.

— Je suis désolée, Charley.

— Je-je le savais, Mays, mais je n'ai pas pu m'en empêcher. Il fallait que je le voie.

— Je sais, Char. Tu es toujours amoureuse de lui, voilà pourquoi c'est aussi dur.

— Je n'ai pas pu.

— Tu n'as pas pu quoi ?

— La véritable raison de mon départ.

La jolie métisse s'écarte, les sourcils froncés. Je vois bien qu'elle se demande de quoi je parle et je m'en veux de lui mentir également.

— De quoi est-ce que tu parles, Char ? Je croyais que tu étais partie parce que ton père…

— Non.

L'incompréhension inonde son regard, mais elle ne me presse pas.

— Je n'ai pas quitté Salt Lake City et Harper, parce que mon père l'a décidé. Je suis partie parce que ce qu'il s'est passé était trop lourd à supporter.

— C'est lié à tes terreurs nocturnes.

Je lui réponds d'un hochement de tête, même si elle n'attend pas de réponse. Elle a compris que quelque chose de grave s'était produit et qu'en parler était difficile pour moi. Je ne suis même pas étonnée qu'elle soit au courant pour mes cauchemars. Nous sommes amies depuis près de dix ans et nous vivons dans le même appartement.

— Tu m'en parleras un jour ?

— Je ne sais pas, Mays. C'est trop douloureux.

Elle acquiesce et me soutient quand elle nous dirige vers la voiture. Je m'installe sur le siège passager alors qu'elle se glisse derrière le volant. Elle conduit prudemment jusqu'à Clarence Mansion. La tête calée contre la vitre, j'observe le paysage si familier et pourtant si abstrait de Salt Lake City.

En arrivant devant la grande maison qui m'a vue grandir, un frisson me parcourt l'échine. Chose que je n'avais plus ressentie depuis un bail. J'offre un petit sourire à Claire lorsqu'elle nous ouvre la porte et je monte dans ma chambre pour être seule un moment. Je me dirige vers ma salle de bain, allume le robinet de la baignoire. J'y ajoute quelques sels de bain avant de me déshabiller.

Une fois dans l'eau chaude, je me détends autant que je le peux avant de glisser sous la surface. Les yeux ouverts, j'observe mon environnement tout en ayant les sons étouffés. C'est comme si j'étais dans un autre monde. Harper a raison, je ne suis pas prête à lui avouer ce que je cache depuis si longtemps. Je suis une lâche en plus d'être une menteuse. Ses mots m'ont touchée en plein cœur, bien plus que je ne l'aurais cru.

J'ignore combien de temps je reste sous l'eau, mais lorsque mes poumons commencent à me brûler jusqu'à devenir intolérable, je remonte à la surface. Les cris qui résonnent dans toute la maison m'indiquent que mes très chers parents sont de retour en ville. J'ignore quelle est la raison de tous ses hurlements, mais cela me donne encore moins envie de rejoindre le rez-de-chaussée. Néanmoins, je refuse de laisser Mays entre les mains de ses deux monstres de glaces et sors de la baignoire. J'enroule une serviette autour de mon corps, ainsi qu'une autre sur mes cheveux, puis rejoins ma chambre. Je passe deux bonnes minutes devant ma penderie, cherchant des vêtements « convenables ».

J'opte pour une robe de couleur mauve, toute simple. Je tresse mes cheveux encore légèrement mouillés puis descends au rez-de-chaussée. Tout en prenant une grande inspiration, je traverse le hall d'entrée avant de rejoindre le séjour. Comme à leur habitude, mes parents sont habillés comme s'ils allaient à un gala de charité. Un verre de vin blanc dans les mains de ma mère et un de bourbon dans celles de mon père, ils m'observent comme si j'étais la pire erreur qu'ils aient jamais commise.

— Mère. Père, dis-je presque cérémonieusement.

— Charlesia, commence ma mère d'une voix froide. Tu aurais au moins pu nous prévenir de ta visite.

— Je l'ai fait, réponds-je, de la même manière. Je vous ai prévenu il y a quelques jours que je devais revenir à Salt Lake City pour la réunion des anciens élèves.

Les lèvres de ma génitrice se dressent en un rictus familier, avant qu'elle prenne une gorgée de son poison favori. Je la quitte des yeux pour les poser sur mon géniteur. Bien évidemment, la déception illumine son regard et, comme chaque fois, une chape de plombs atterrit sur mes épaules. Un grattement de gorge coupe le contact visuel plus que polaire entre mon père et moi.

— Père. Mère. Voici Mays, mon amie.

— Ton amie ?

— Oui, mon amie. Elle a accepté de m'accompagner pour la réunion.

— Tu aurais pu y aller avec les fils Van der Grof, ajoute mon père.

Comme chaque fois, un frisson parcourt mon échine, mais je ne le montre pas. Bien au contraire, un grand sourire naît sur mon visage alors que je réponds à mon géniteur.

— Bien que tu espères un jour nous voir ensemble, cela n'arrivera jamais, père.

— Ton frère, lui au moins à épouser un bon parti.

Et voilà, c'est reparti, je passe encore pour la fille indigne, tandis que mon flemmard de frère récolte toute la gloire grâce au porte-monnaie de sa pouf.

— Peut-être, mais comparée à lui, je n'ai pas envie de devenir une de tes marionnettes politiques.

Mon père ne répond rien et termine son verre. Je sais ce qu'il attend de moi, mais cela n'arrivera que dans ses rêves, parce que moi, vivante et libre, je n'épouserai jamais Samuel Van Der Grof.

HARPER

CHAPITRE 11

Deux jours plus tard

Ça ne fait que quelques jours qu'elle est revenue et, putain, j'ai l'impression que le temps s'est arrêté. Je tiens la promesse que j'ai faite à Claire. Chaque matin et chaque soir, je me rends dans la rue huppée où vivent les parents de Charley et j'attends comme un con dans ma bagnole. J'évite de prendre la moto, j'aurais été repéré depuis un bail.

Elle et sa pote ne sortent pas beaucoup, ce qui m'arrange d'un côté et me fait profondément chier de l'autre. Surtout que les enflures qui lui servent de parents sont en ville. Son père siège au conseil municipal et autant dire qu'il n'est pas à son premier coup d'essai pour nous faire déguerpir, mais il n'a jamais eu la moindre preuve de nos trafics. Il n'a jamais réussi à nous virer. On peut être sûr qu'avant chaque conseil municipal, on a une petite visite des flics du comté. C'est d'ailleurs l'une des raisons pour lesquelles je déteste Leonard Prescott. Ce gars, en plus d'être un père complètement pourri, est un connard fini.

D'ailleurs, en parlant du loup, la berline que conduit cette enflure quitte la propriété Clarence Mansion. Ce qui veut dire qu'il ne reste que mon petit glaçon, sa copine et Claire, puisque madame Prescott a décidé de faire un séjour au spa. Ce qui, en d'autres termes, veut dire qu'elle va rejoindre monsieur Sheffield, l'un des plus gros investisseurs de son mari et qui n'est qu'autre que son amant du moment. Je ricane en imaginant la tête de ce connard le jour où il découvrira le pot aux roses.

Une autre voiture quitte la propriété et je reconnais la copine de Charley. On a effectué quelques recherches à son propos et ce qu'on a trouvé vaut son pesant d'or. Mays Parker, 27 ans, ancienne élève de MIT, donc autant dire une tête. Elle a quitté Cambridge pour des raisons inconnues. Elle a finalement changé d'État pour aller s'installer à Providence, dans le Rhode Island, et reprendre ses études à Brown. Elle a été major de sa promo du programme d'informatique. Grey pense qu'il y a un rapport avec Phoenix, mais il n'a aucun moyen de le prouver, donc il faudrait qu'on ait un lien avec son ordinateur. Et qui doit s'occuper de cette mission ? C'est bibi.

Donc, voilà pourquoi je me dirige vers la chambre d'ami. J'aurais très bien pu toquer à la porte, je suis certain que Claire m'aurait ouvert, mais je doute que ma présence plaise à la princesse des Glaces. Comme une décennie auparavant, je grimpe à ce fichu arbre. Tout en essayant de ne pas me casser la gueule. Lorsque j'arrive devant la fenêtre de l'une des piaules, je crochète le loquet avant d'entrer sans un bruit.

Une fois les pieds à terre, j'observe la pièce à la recherche du PC de la jolie métisse. Je fouille tout, sa valise, le bureau, la penderie, même sous le matelas et dans la salle de bain, mais rien. L'ordinateur n'est pas là, ou alors, il est sacrément bien planqué. Je ferme les paupières un instant, essayant de me concentrer pour trouver ce maudit appareil. J'ouvre un œil lorsque j'entends des pas dans le couloir. Je jure à voix basse quand la personne se rapproche de plus en plus de la chambre. N'ayant pas le temps de trouver meilleure cachette, je me planque derrière la porte. Je sais, c'est pitoyable, mais je m'en fous. Le battant s'ouvre avant que la voix de Claire ne résonne dans la maison.

— Mademoiselle Charlesia, il y a quelqu'un pour vous au rez-de-chaussée.

— Claire, combien de fois il va falloir que je te dise de m'appeler Charley ?

— Vous pourrez me le dire autant de fois que vous voudrez, mais ce n'est pas pour autant que je vous écouterai.

— Ça, je sais bien.

Ce murmure me fait sourire. Charley a toujours détesté que Claire l'appelle par son prénom complet. Après tout, la quinquagénaire est plus comme sa mère que sa propre génitrice.

Je soupire lorsque le battant se referme et que les pas de mon petit glaçon s'éloignent. De là où je suis, je n'entends rien de ce qu'il se passe au rez-de-chaussée, mais lorsque je sors dans le couloir, j'entends parfaitement la voix de cette enflure de Samuel.

Qu'est-ce qu'il fout ici, putain ?!

Je me rapproche un peu plus de l'escalier, tout en ne

faisant aucun bruit. C'est mal d'écouter les conversations des autres, mais là, on parle de Samuel Van Der Grof, le plus gros salopard que la Terre n'ait jamais porté. S'il est ici, c'est qu'il a quelque chose derrière la tête.

— Que fais-tu ici, Samuel ? demande Charley d'une voix tendue.

— Je passais te voir ainsi que te demander si tu accepterais de m'accompagner ce soir, à la réunion des anciens élèves.

— Ça ne va pas être possible. J'y vais déjà avec Mays.

— Qui ?

— Mays, mon amie.

— Oh, je vois ! Je suis certain que cela ne l'embêterait pas de rester ici si tu viens avec moi.

Non, mais, il est con ou il le fait exprès ? À croire que ses parents ne lui ont jamais appris ce que « NON » signifie.

— Bon, je vais le répéter une dernière fois pour que ton cerveau de néandertalien comprenne, reprend-elle, agacée. La réponse est non. Je ne viendrai pas avec toi à cette foutue réunion des anciens élèves. Peu importe ce qu'a dit mon père, la réponse est « NON ». Sur ce, je te souhaite une bonne journée. Je ne t'accompagne pas à la porte, je suis certaine que tu sais où elle est.

Le connard n'a pas le temps de placer un mot de plus que les pas de mon petit glaçon résonnent déjà dans l'escalier. Je bouge pour qu'elle ne sache pas que j'aie entendu sa conversation et me dirige vers le seul endroit que je connais vraiment de cette maison de marbre.

Elle ne me remarque pas tout de suite quand elle débarque dans sa chambre. Elle semble ailleurs et j'avoue que c'est la première fois que je la vois dans cet état. Et surtout, que je la vois envoyer son poing dans le mur avant de jurer comme un charretier.

— On ne t'a jamais dit que tu ne gagnerais jamais face à un mur. Pas à mains nues, du moins.

Elle fait volte-face dans ma direction et ses yeux s'écarquillent en me voyant. Je m'approche d'elle avant de prendre sa main dans les miennes. La toucher, pendant que j'examine ses phalanges abîmées, me procure des milliers de frissons que je réprime, autant que je le peux.

— Elle n'est pas cassée, dis-je en la lui rendant.

Elle n'a toujours pas dit un mot. Elle m'observe, les lèvres légèrement ouvertes. Je me retiens de les recouvrir des miennes, mais je ne peux m'empêcher de nicher ma main au niveau de sa nuque. Mon pouce caressant sa pommette, je viens poser mon front contre le sien.

— Tu as perdu ta langue, petit glaçon ?

Le petit surnom que je lui donnais semble la réveiller. Elle s'écarte légèrement avant de plonger son regard doré dans le mien.

— Qu'est-ce que tu viens faire ici, Harper ?

Chioné

CHAPITRE 12

Je n'en reviens pas. Harper est là. Dans ma chambre.

Ma main me lance, mais la douleur n'est rien, comparée à la façon dont il me regarde, dont il me parle. Pendant une seconde, j'ai cru que j'avais rêvé ces dix dernières années. Le surnom, que j'adorais parce qu'il venait de lui, me ramène à une période dont je chérissais chaque moment.

Je m'écarte de quelques centimètres lorsque la lourde réalité me revient en pleine face. Nous ne sommes pas dans un rêve dans lequel je n'ai pas quitté Salt Lake City et Harper, mais bien dans la réalité.

— Qu'est-ce que tu viens faire ici, Harper ? demandé-je.

— À ton avis ?

— J'en ai aucune idée.

Même si ce n'est pas totalement vrai, mais je doute que ce soit l'envie de me revoir qui l'a fait venir ici. Il déteste Clarence Mansion presque autant que moi et je pense qu'il ne serait pas ici de son plein gré si Claire ne l'avait pas prévenu de la visite de Samuel, la semaine dernière.

— Il vient souvent ici ? questionne-t-il avec une lueur de colère dans ses iris bleus.

Cette question me ramène sur terre et il ne m'en faut pas plus pour m'écarter du biker. Je me dirige vers la salle de bain afin de mouiller un gant avec de l'eau froide, sans pour autant lui répondre. À quoi ça servirait de toute manière ? Il doit sans doute déjà connaître la réponse.

— Charley ?

Je relève le visage vers le miroir qui me fait face et tombe directement dans son regard, il est appuyé contre l'encadrement de la porte. On pourrait croire qu'il est détendu, mais il n'en est rien. Sa mâchoire est crispée et ses bras sont croisés sur son torse.

— Tu connais déjà la réponse, non ? reprends-je en posant le gant sur ma main abîmée.

— J'aimerais que ça sorte de ta bouche, alors je vais te poser à nouveau la question et tu vas me répondre.

— Je ne suis pas un de tes prospects, Harper. Je te réponds si j'en ai envie.

H se rapproche dans mon dos, jusqu'à ce que son torse me frôle à chaque respiration. Son visage près de mon oreille, je reconnais son parfum mentholé et boisé qui me fait tourner la tête.

— Ne joue pas à des jeux auxquels tu sais que tu vas perdre, Charley. Tu sais comment ça s'est terminé la dernière fois que tu as essayé.

Si je m'en rappelle ? Évidemment. Comment pourrais-je l'oublier ? Comme chacun des moments passés avec lui, ils sont gravés au fer rouge dans mon esprit et il est impossible pour moi de les effacer.

— Je m'en souviens très bien, H. Mais la différence avec aujourd'hui, c'est que nous ne sommes plus des gosses avec les hormones en ébullition.

Tout son corps se tend face à mes paroles, mais il n'ébauche aucun mouvement de recul. Bien au contraire, il se colle un peu plus contre moi et me laisse découvrir l'effet que notre échange a sur lui. Sa main vient se poser sur mon ventre, comblant ainsi le peu d'espace qui nous séparait.

— On est peut-être plus des gosses, comme tu dis, mais tu me fais toujours autant bander.

J'expulse tout l'air de mes poumons, avant de basculer la tête vers l'avant. Appuyée contre le meuble, je laisse ses mains se promener sur mon corps comme il le souhaite. Pourquoi je ne ressens pas les milliers d'araignées comme avec les autres ? Pourquoi ses traîtres de papillons font-ils des saltos dans mon estomac ? Pourquoi lui ? Tant de questions avec une seule réponse. Harper. Je suis toujours amoureuse de Harper. Mon corps reconnaît son toucher, même si ce n'est pas exactement le même que quelques années plus tôt. Il est plus précis, plus audacieux, plus érotique aussi.

Je mordille ma lèvre inférieure lorsque ses doigts passent sous mon jean et viennent directement se poser sur mon clitoris dissimulé sous ma culotte. Déjà à l'époque, alors que nous n'avions pas beaucoup d'expérience, il était un amant merveilleux donc, je n'ose imaginer de ce qu'il doit être maintenant. Parce que je ne suis pas naïve au point de croire qu'il est resté chaste pendant une décennie. La jalousie que je peux ressentir envers les autres femmes qui ont fréquenté son lit disparaît lorsqu'il presse un peu plus fort mon bouton magique. Des étoiles virevoltent dans mes yeux quand l'orgasme me prend par surprise.

H semble également surpris de me voir décoller aussi vite, mais ne dit rien. Il continue de me caresser et me retient lorsque je manque de me casser la figure. Sa main libre dégage mon cou de mes cheveux avant que sa bouche vienne s'y poser.

— Tu me rends dingue, C, marmonne-t-il.

J'aimerais bien lui répondre, mais mon cerveau semble avoir grillé avec toute cette endorphine libérée et il m'est impossible de dire quoi que ce soit de cohérent. Néanmoins, le biker finit par s'écarter et retire sa main de mon jean. Lorsque nos regards se rencontrent de nouveau dans le miroir, le mien est embué par le plaisir que je viens de ressentir, tandis que le sien est indéchiffrable. Me tenant toujours au meuble, je me retourne doucement pour lui faire face.

— Tu n'as eu que des coups pourris, ces dix dernières années, ou comment ça se passe ?

— Euh… je…

Comment lui dire que je n'ai laissé aucun homme me toucher depuis que j'ai quitté le réverbère, sans un regard en arrière ? Je n'en ai aucune idée, mais mon manque de répartie semble l'emmener sur cette voie.

— Charley…

Je refuse de le regarder, je me sens déjà assez honteuse

comme ça, mais évidemment, il ne me laisse pas faire. Il prend mon visage en coupe et le relève vers le sien. Ses sourcils sont froncés et ses yeux interrogateurs. Je sens les larmes affluer sous mes paupières, que je ferme afin qu'il ne les voie pas.

— Charley… qu'est-ce qu'il s'est passé pour qu'aucun homme ne te touche pendant dix ans ?

— Je… je ne pouvais pas.

— Tu ne pouvais pas quoi ?

— Supporter leurs touchers, leurs mains sur mon corps. Ça me rendait malade.

Son pouce passe sous mon œil, essuyant une perle salée qui s'échappe de sa prison. Sa caresse est tellement douce que j'ai l'impression qu'il survole ma peau.

— Pourquoi ?

— Parce qu'ils n'étaient pas toi et parce que…

— Parce que quoi, Charley ?

— Je…

Je m'apprête à tout lui avouer lorsque la porte de ma chambre s'ouvre sur Mays. Elle semble d'abord surprise en nous voyant dans la salle de bain, mais la colère fait rapidement place à la stupeur lorsqu'elle remarque les larmes sur mes joues. Le motard s'écarte de moi, provoquant un vide dont j'ai horreur.

— Tout va bien ? demande ma meilleure amie en s'approchant de l'endroit où nous sommes.

— Ça va, Mays, réponds-je en essuyant les dernières traces, mais elle ne m'écoute pas, ses yeux sont fixés sur l'homme à mes côtés, qui lui, ne se démonte pas.

— C'est ta faute si elle pleure ?

— Mays, arrête, tenté-je.

Mon amie balaie mon intervention d'un geste de la main et se focalise seulement sur le biker. Ce dernier croise ses bras sur son torse et se place devant moi pour lui faire face. Tous les deux se regardent en chien de faïence, ce qui m'exaspère. Les deux personnes qui comptent le plus dans ma vie semblent être prêtes à s'étriper sans véritable raison.

Exaspérée par leur cirque, je contourne le tatoué pour me placer entre eux. Je pose une main sur le torse musclé de H, avant de tourner mon regard vers Mays. Les yeux de cette dernière lancent des éclairs à son opposant, avant de se radoucir quand elle croise les miens.

— Tout va bien, Mays, d'accord ? dis-je doucement.

Elle décoche son regard noir à l'homme dans mon dos avant de se focaliser à nouveau sur moi. Elle hoche la tête, bien que pas totalement convaincue, puis quitte la chambre. Quand le battant se referme derrière elle, je pivote vers Harper. Ses iris azur ont repris leur teinte originelle et sa posture est un peu moins raide.

— Elle est très protectrice avec toi, déclare-t-il.

— Elle l'est.

— Tant mieux.

Il me contourne et sort de la salle de bain. Il se dirige vers ma fenêtre, qu'il ouvre en grand. Cette image me ramène à nos soirées, lorsqu'il venait me voir et grimpait, tant bien que mal, au vieux chêne. Je ne compte plus le nombre de fois où il l'a fait, mais chaque fois qu'il repartait, j'avais le sourire aux lèvres.

— Et c'est tout ? questionné-je, lorsque je me rends compte qu'il ne m'a pas dit la raison de sa présence ici.

Il se tourne à demi vers moi, m'adresse un grand sourire, avant de s'accrocher à l'arbre et de disparaître de mon champ de vision.

HARPER

CHAPITRE 13

Lorsque j'arrive au club, je repense à ce qu'il s'est passé dans la chambre de Charley. C'est peut-être con, mais la sentir se liquéfier sous mes doigts m'a fait méchamment bander, mais pas autant que de découvrir qu'aucun homme ne l'a touchée depuis notre dernière fois. Savoir qu'elle est toujours mienne a réveillé ce besoin viscéral de la garder à mes côtés. Je n'ai aucune idée de ce qu'il s'est passé au moment de son départ, mais visiblement, ça a eu une incidence sur sa relation avec les hommes durant ces dernières années.

Comme, il me reste quelques heures avant de me rendre à cette foutue réunion d'anciens élèves, je me dirige vers ma piaule pour prendre une bonne douche, afin de détendre mes muscles. Les mains appuyées contre le mur, je repense à la première fois que j'ai vu ma déesse froide.

Les cours de science, c'est vraiment la merde. Je pige que dalle et en plus le prof est soporifique donc, autant dire, que cela n'arrange pas mon manque de concentration. Je suis sur le point de m'endormir lorsque l'alarme incendie retentit. Je souris, remerciant silencieusement Xan pour cette interruption. Je ramasse mes affaires et quitte la pièce, tandis que les autres élèves suivent le prof en direction des points de rassemblement.

Je grimpe rapidement les escaliers pour monter les deux étages qui mènent au toit. Xander doit déjà y être, un joint au bec. Mon pote a fait un beau pied de nez à son vieux lorsqu'il est rentré un soir, le cuir de prospect sur le dos. Son paternel est le pire connard que la terre ait porté et quand il a vu ça, il a essayé de prendre le dessus sur mon frangin. Sauf que ça ne s'est pas passé comme il le voulait. X a réussi à mettre son enflure de géniteur au sol avant de quitter la baraque. Il passait plus de temps au club que chez lui de toute manière. Au moins, il est sûr que son paternel ne s'aventurera pas là-bas, pour lui foutre une raclée, pas s'il veut en ressortir vivant en tout cas.

Dans l'escalier qui mène au toit, quelque chose ou plutôt quelqu'un me rentre dedans. Je rattrape in extremis la personne et découvre qu'il s'agit de la reine des Glaces. Charlesia Prescott. Une fille de riche qui a la réputation d'être aussi froide que la banquise, d'où son surnom, mais en voyant les traces de mascara sur ses joues, elle n'est semblable en rien à de la glace. On dirait plutôt une petite fille. Toute fragile.

— Ça va ? demandé-je d'une voix douce, comme lorsque je parle à ma petite sœur pour qu'elle ne fonde pas en larmes.

Elle semble surprise par ma question, mais un masque d'indifférence vient rapidement recouvrir son visage.

— Très bien.

Eh bien, il n'est pas très bavard le petit glaçon !

Elle me contourne et continue son chemin, sans un regard en arrière. Je secoue la tête, puis rejoins mon pote. Comme je l'avais prédit, Xan est avachi sur une des deux chaises en plastique, qui ont été installées par d'autres personnes que nous. Je m'assieds sur celle qui est libre et attrape le joint qu'il me tend.

— Eh beh ! Tu en as mis du temps !

— J'ai croisé la reine des Glaces dans l'escalier, expliqué-je en tirant une taffe.

— Et tu n'as pas coulé ? Cette fille est pire que le foutu iceberg qui a coulé le paquebot… tu sais, celui dans le film que les meufs adorent.

— Je rêve où tu viens de faire référence à Titanic ?

— Tu ne rêves pas, mon pote.

J'éclate de rire avant de prendre une nouvelle bouffée de beuh. Putain qu'elle est bonne. Jagger en cultive au club et il nous autorise à en prendre, de temps en temps. Elle est de bien meilleure qualité que celles des petits dealers de merde du lycée.

**

L'eau froide me fait quitter mes souvenirs et je reviens sur la terre ferme. J'éteins le robinet avant de sortir de la douche et d'enrouler une serviette autour de ma taille. En revenant dans ma piaule, je ne suis pas surpris de découvrir ma frangine installée confortablement sur la chaise de mon bureau, en train de faire ce qu'elle fait de mieux. Fouiller dans mes affaires.

— Qu’est-ce que tu cherches exactement, Harley ?

Elle se redresse en sursaut, pose une main sur son cœur et me lance un regard noir. Elle croise ses bras au niveau de sa poitrine, avant de s’appuyer contre le dossier du fauteuil.

— Rien de particulier, dit-elle comme si de rien n’était.

— Mon œil. Qu’est-ce que tu veux ?

Je ne suis pas dupe. Ma frangine adore me faire chier en foutant le bronx dans mes affaires, mais là, elle cherchait quelque chose de précis.

— Jag a fermé la serre.

Voilà, je comprends mieux. Ma petite sœur de dix-sept ans vient me taxer de la weed[2] parce que Jagger a fermé ses réserves.

— Seulement à toi, je présume.

Elle marmonne quelque chose que je ne pige pas, puis fait un tour sur elle-même avec le siège.

— S’il-te-plaît, H !

— Maman est au courant de ta consommation excessive d’herbe ?

— À ton avis, pourquoi il m’a interdit l’accès à la serre ?

Harley fume beaucoup trop, ça, c’est un fait. Le problème, c’est qu’on ne sait pas pourquoi elle le fait autant. Depuis quelque temps, personne, même Callie, sa meilleure amie, n’arrive à comprendre ce qu’il se passe dans la petite tête brune de ma cadette. Quelque chose est arrivé et elle refuse de nous

[2] Cannabis

en parler. Je sais bien que je suis secret sur ma relation avec Charley, mais au moins, il y avait quelqu'un à qui je pouvais me confier. Or, ma frangine ne semble pas encline à lâcher le morceau. Je crois que rien que la semaine dernière, elle a séché près de dix heures de cours pour aller, je ne sais où avec je ne sais qui. Calliope a été incapable de nous dire quoi que ce soit.

Je m'installe sur mon lit et me penche vers ma table de chevet d'où je détache le double fond du tiroir. Harley ne manque aucun de mes gestes, alors que je sors tout mon attirail. Elle se lève et marche dans ma direction quand elle pense que je vais lui donner ma réserve perso, sauf qu'elle se goure affreusement. Elle est ma petite sœur, je veux la protéger et il est hors de question qu'elle prenne tout mon stock pour aller le donner à ses copains bien moins fréquentables.

— Qu'est-ce que tu fais ? demande-t-elle, lorsque je prends juste le nécessaire pour un seul joint et range le reste.

— Je me roule un joint.

— Et moi ?

— Tu rêves, petit tyran. Si tu veux fumer, tu vas me dire où tu passes ton temps lorsque tu n'es pas en cours.

— En quoi ça te concerne ? Tu n'es pas mon père et encore moins ma mère.

— Mais je suis ton frère, alors ça me concerne.

— Tu rigoles ?

— Est-ce que j'ai l'air de rigoler ?

— Tu fais chier, Harp.

Elle quitte la chambre, énervée, en claquant la porte. Je soupire et finis de rouler mon joint avant de le coincer entre mes lèvres. Je change tout mon matos de place, puisqu'elle a vu où il se trouvait, avant de m'installer près de la fenêtre et de réfléchir à la soirée de tout à l'heure. Autant dire que je ne suis pas dans la merde.

Chioné

CHAPITRE 14

Cela fait une bonne dizaine de minutes que je suis plantée devant mon miroir à observer ma tenue. Mays est installée sur mon lit et pianote sur son ordinateur. J'ignore ce qu'elle fait, mais quelque chose semble la contrarier, vu comment elle mordille sa lèvre inférieure.

— Qu'est-ce que tu as trouvé ? demandé-je au bout d'un moment.

Mon amie relève son visage de son écran pour me fixer à travers le miroir. Ses sourcils se froncent et j'éclaircis ma question.

— Quand tu as fouiné sur les Nyx's Sinners. Qu'est-ce que tu as trouvé sur Harper ?

— D'une, je n'ai pas fouiné, je me suis renseignée, et de

deux, je croyais que ça ne m'intéressait pas.

Je penche ma tête légèrement sur le côté, avant de me tourner vers elle. Elle soupire, puis se replace correctement sur le lit afin d'être en position assise. Elle passe une main dans ses cheveux après avoir baissé l'écran.

— Je n'ai pas trouvé grand-chose. Leur geek est vraiment bon, mais pas autant que moi. De ce que j'ai pu voir du dossier de ton Jules, il a fait neuf ans dans l'armée, chez les SEAL.

— L'armée ? Harper n'avait jamais parlé de faire l'armée.

— C'était peut-être avant que tu ne lui brises le cœur en partant de Salt Lake City, réplique-t-elle en haussant les épaules.

— Sans doute. Qu'as-tu trouvé d'autre ?

— Tu veux savoir s'il a quelqu'un dans sa vie, n'est-ce pas ?

J'acquiesce en me mordillant la peau de mon pouce. Mays me fait signe de m'installer à ses côtés, ce qui n'arrange pas mon anxiété.

— La réponse est non, du moins, ce n'est pas notifié dans le dossier. Par contre, ce n'est pas tout.

— Quoi ?

— Je ne t'ai pas dit la raison de son départ des SEAL.

— De quoi est-ce que tu parles ?

— Tu savais que son pote, Alexander, avait perdu un bras durant son dernier service ?

— Non. Comment est-ce arrivé ?

— D'après de ce que j'ai pu craquer, et je n'ai pas eu accès à grand-chose, mais tu me connais, je ne m'avoue pas vaincue donc... j'ai cherché un peu plus et j'ai trouvé un nom.

— Un nom ?

Je reconnais que tout ceci commence à m'embrouiller. C'est toujours comme ça avec Mays, elle aime faire durer le suspense alors que je suis plus du genre direct.

— Mays, accouche.

— D'accord, d'accord.

Ma meilleure amie lève ses mains en l'air avant de prendre son ordinateur. Elle tape tout un tas de trucs auxquels je ne pige rien, avant qu'une image apparaisse à l'écran.

— Comme ton visage est devenu livide, je ne doute pas que tu sais qui est cet homme. Par contre, ce que tu ne sais pas, c'est que c'est lui le responsable du fait que le pote d'Harper a perdu son bras.

— Comment c'est possible ?

— Parce que ce cher connard que tu vois ici présent est un putain de salopard, comme tous les hommes politiques en soi, mais lui, c'est la crème de la crème. Extorsion, blanchiment d'argent, trafics, viols, tout y passe. Mais le pire, c'est qu'à la même période, cet enfoiré s'est envolé pour l'Afghanistan et y a fait un assez long séjour pour rencontrer l'un des chefs talibans.

Mon sang se glace. Pourtant, je ne devrais pas être surprise. Cet homme est le pire des sociopathes. Homme parfait en apparence, ce n'est que si on gratte sous la surface que les pires vices apparaissent. Je le sais pour en avoir fait les frais il y a dix ans.

— Tu es certaine qu'il a un lien avec ce qui est arrivé à Xander ?

— Absolument certaine.

— Ils le savent ?

— Pas à ma connaissance.

— Ils doivent savoir.

Mays redresse ses sourcils, avant de se lever et de faire les cent pas dans la chambre.

— Merde, Char, tu sais ce que je risque si ça se sait ?

— Je le sais, Mays. Je me souviens de ce qui est arrivé la dernière fois. Mais ils doivent le savoir ! Ils doivent savoir qu'on a mis leurs têtes à prix !

Elle pose une main sur son front, avant de fermer les yeux et de prendre une grande inspiration.

— D'accord, par contre, il est hors de question que j'aille dans leur club.

— Tu n'auras pas à le faire, tu m'accompagnes ce soir.

— Quoi ?

— Tu m'accompagnes. J'ai dit à Samuel que tu venais avec moi.

— Mais je n'ai rien à me mettre, Char !

— Prends dans ma penderie. Tu vas trouver quelque chose, j'en suis sûre.

Mon amie marche en direction de mon dressing et pose ses mains sur ses hanches, observant ce qui s'y trouve. Elle semble trouver son bonheur lorsqu'elle sort une robe couleur kaki.

— Je ne t'aurais jamais cru du genre à porter ce genre de chose ?

— Ce n'est pas le cas. Je ne l'ai jamais mise, mais je l'ai achetée lorsque je suis allée à San Francisco avec Harper.

— Tu es allée à San Francisco avec lui ?

— Oui, quand nous avions dix-sept ans. Il m'y a emmené pour mon anniversaire.

Pas gênée par sa presque nudité, Mays se change devant moi et enfile la robe qu'elle m'a empruntée. Elle lui va bien, mieux qu'elle ne l'aurait jamais été pour moi. Elle est magnifique avec ses cheveux bruns frisés qui descendent jusqu'au bas de son dos.

— Alors ?

— Tu es magnifique.

— Dis-moi, parmi les anciens élèves de ta promo, il y a des canons ?

Je ris avant de me lever et de venir me placer à ses côtés. En apparence, nous sommes totalement différentes. Sa peau caramel attire les hommes et les femmes, comme des mouches. Il suffit d'un mot de sa part pour qu'ils se mettent en quatre pour elle, mais, si ma meilleure amie adore charmer tout ce qui l'entoure, elle ne laisse personne s'approcher réellement de qui elle est vraiment. Ce qui est dommage parce que Mays est une personne en or.

Un maquillage et une coiffure plus tard, nous sommes prêtes à partir pour l'enfer personnel de beaucoup de personnes. Le lycée. Comme je refuse que le chauffeur de mon père nous y conduise et je m'installe derrière le volant de la berline noire. Je fais le trajet en mode pilote automatique, répondant seulement à Mays par des monosyllabes.

Lorsque je me gare sur le parking, je lève les yeux au ciel quand je vois que rien n'a changé depuis mon départ. Quelques voitures sont déjà présentes, mais ce n'est pas ce que je recherche. Mon regard finit par se poser sur les deux motards appuyés contre leurs bécanes. Harper est assis sur la selle de sa Triumph, une cigarette au coin de ses lèvres. Il discute avec Xander, qui lui non plus n'a pas changé, si ce n'est la prothèse qui remplace à présent son bras perdu.

— Tu sais que si tu continues de le regarder comme ça, tu risques de le faire fondre, se moque mon amie.

— Pff, t'es con.

Je souris en sortant de la voiture. Lorsque je referme ma portière, mes iris rencontrent ceux de mon premier amour et les souvenirs, de ce qu'il s'est passé dans la salle de bain, me reviennent en tête. Ces pensées font chauffer mes joues et je suis obligée de presser mes cuisses l'une contre l'autre, pour atténuer la chaleur qui y naît. Harper semble comprendre le mal qui me ronge et un sourire malicieux se dessine sur son visage.

Accompagné de son acolyte de toujours, il entre dans le bâtiment, tandis que ma meilleure amie crochète son bras au mien.

— Bon, je comprends pourquoi tu as craqué pour ce bad boy à moto, mais tu aurais pu me prévenir que son pote était aussi canon.

— Je croyais que tu avais vu le dossier de Xander ?

— Vrai, mais je n'ai pas fait gaffe à sa tronche. C'était son dossier qui m'intéressait, pas sa tête.

HARPER

CHAPITRE 15

Comme je m'y attendais, cette soirée craint. Chaque personne présente est ici seulement pour faire part de sa réussite. Je me suis fait draguer par Sandy Hopkins, une ancienne pom-pom girl, en mal de sensations, juste devant son troisième mari. À croire qu'elle n'a pas changé au fil des années. Nous avons beau être présents avec Xander, on se fait royalement chier. Fumer devient vital lorsque l'on se retrouve dans ce genre de merdier. Je crois que j'ai fumé plus ces deux dernières heures, que durant une partie de Monopoly avec Hendrix.

J'observe Charley, ce qui semble ne pas lui plaire puisque chaque fois que nos regards se croisent, ses yeux sont posés sur moi. Elle est sexy dans sa robe blanche et, bordel, ce que j'aimerais l'embarquer dans un coin pour relever sa jupe, mais c'est impossible puisque cet enfoiré de Van der Grof est collé à son cul. Elle a beau lui foutre des vents monumentaux, il ne pige toujours pas, ce qui commence sérieusement à me gonfler. Il y a également quelque chose dans sa façon de se tenir, qui m'indique qu'elle est tendue. Plus que de raison.

Durant le speech de la principale, aussi soporifique que les cours de mon ancien prof de science, je m'avance aussi discrètement que possible de mon petit glaçon. Depuis que je l'ai sentie se liquéfier grâce à mes doigts, cet après-midi, l'envie de la voir à nouveau fondre me hante. Savoir que personne n'a posé ses mains sur elle durant toutes ces années me fait revenir à l'état primaire d'homme des cavernes. Il faut que je la touche, et maintenant. Lorsque j'arrive à son niveau, je pince doucement sa hanche et lui fais signe de me suivre. Ce qu'elle fait.

Sans un regard en arrière, nous quittons le gymnase. J'attrape sa main et nous dirige en direction du toit, mais en gravissant le dernier escalier, Charley s'arrête. Je me tourne vers elle et l'observe s'adosser au mur, tandis que de petites étincelles commencent à naître dans ses iris dorés. Incapable de rester aussi loin d'elle, je m'approche autant que possible. Le bout de mes chaussures touchant le bout des siennes, tandis qu'elle relève sa tête dans ma direction.

— C'est ici qu'on s'est rencontré, dit-elle avec un petit sourire.

— Je m'en souviens. Tu avais du mascara partout sur tes joues.

Ma main la caresse, retraçant de mémoire les sillons noirs de son mascara.

— Il faut qu'on parle, H.

Comment redescendre en une seule phrase.

Je hausse les sourcils et attends ce qu'elle a à me dire. Cela semble la rendre nerveuse, puisqu'elle mordille sa lèvre inférieure en baissant le regard. Je passe un doigt sous son menton et relève son visage vers le mien.

— Qu'est-ce qu'il y a ? demandé-je en passant mon pouce sur sa mâchoire.

— Je... je ne sais pas trop comment te l'avouer, mais Mays a fouillé dans les dossiers du club.

— Je sais.

L'appréhension laisse place à la surprise. Sa bouche s'ouvre à demi et je ne peux me retenir de jeter un coup d'œil à ses lèvres peintes d'un rouge carmin.

— Tu... tu étais au courant ?!

— Évidemment, ta copine est peut-être forte avec un ordi, mais elle a laissé sa trace quand elle a fait un détour parmi nos fichiers.

Le visage de Charley se fend d'une grimace, avant que quelque chose semble lui venir à l'esprit.

— C'est pour ça que tu étais là cet après-midi.

Je hausse les épaules avant de me reculer quand elle se décolle du mur. Elle fait les cent pas dans le petit escalier, passant une main sur sa nuque. Elle semble vraiment contrariée par cette prise de conscience et cela me fait sourire de la voir aussi... jalouse. Parce que c'est bien une légère lueur de jalousie que je distingue dans son regard vert forêt.

— Putain, quelle conne ! Je suis vraiment trop bête,

marmonne-t-elle tout en continuant à tourner en rond tandis que je prends la même position qu'elle, quelques instants plus tôt.

Je la laisse faire son petit manège, jusqu'à ce qu'elle s'arrête et me regarde en fronçant les sourcils.

— Qu'est-ce qu'il va lui arriver ?

— Je ne sais pas encore, probablement rien si elle nous dit comment elle a réussi à cracker le réseau du club, ainsi que la raison de ses recherches.

— Elle s'inquiétait pour moi.

Mensonge.

Il aurait presque pu passer à la trappe, si son regard n'avait pas dévié quand elle a énoncé la dernière partie de sa phrase.

— Tu es toujours aussi mauvaise menteuse, petit glaçon.

— Je ne mens pas.

— Peut-être pas totalement, mais ce n'est pas non plus la vérité. Pourquoi a-t-elle simplement ouvert mon dossier ?

Charley soupire en passant ses doigts dans sa tignasse blonde, avant de coller le bas de son dos contre la rampe d'escalier. Nous sommes face à face, à seulement deux mètres de distance, mais j'ai l'impression qu'un fossé de la taille du Grand Canyon nous sépare. Je me décolle du mur, marche vers elle et place mes mains sur la rambarde, de part et d'autre de ses hanches. Mon regard plonge dans le sien et je constate tout de suite la petite lueur qui me dit qu'elle sait quelque chose et qu'elle ne me le dit pas.

— Parle, Charley.

— Je...

— N'essaie pas de trouver un mensonge tout pourri, je le saurais. Alors, autant me dire la vérité directement.

Elle ferme les paupières un instant avant de les rouvrir lorsque je souffle :

— Ta copine a fouillé dans mon dossier militaire et je veux savoir pourquoi.

— Ce n'est pas ce que tu crois, Harper.

— Tu n'as aucune idée de ce que je crois, Charley, donc balance.

Elle soupire avant de laisser tomber sa tête contre mon torse. Une de mes mains quitte la rambarde pour venir se placer sur sa nuque.

— Charley...

— Elle a trouvé qui est responsable de ce qui vous est arrivé dans le désert, lâche-t-elle brusquement.

Je m'écarte vivement.

Putain, c'est quoi ces conneries ?!

Personne ne sait ce qui nous est arrivé. Pas même l'état-major. Quand nous avons réussi à nous en sortir, personne n'a été foutu de nous dire ce qu'il s'était passé. Ils savaient juste que nous devions partir en mission de reconnaissance dans une zone libre, mais ce n'était pas le cas. Nous étions six dans le camion, et seuls Xander et moi, sommes encore vivants.

La chaleur, l'odeur de pisse, de merde, de sang. Le mien. Celui de Xander. J'ignore depuis combien de temps, on est dans ce trou, mais il faut qu'on sorte. Je ne veux pas crever ici. Pas dans ses circonstances.

— Harper…

Sa voix me fait quitter les bribes de souvenirs qui viennent souvent me hanter. Ses doigts sur ma joue finissent de m'ancrer dans le présent.

— Qui ?

— Harper…

— Qui, putain ?!! hurlé-je, la faisant sursauter.

— Wolfgang Van Der Grof. Le père de Samuel.

Chioné

CHAPITRE 16

Harper semble être parti bien loin lorsque j'ai mentionné ce qu'il avait vécu dans le désert. J'ai pu voir les ombres flotter dans son regard azur et la boule que j'ai ressentie au creux de mon estomac n'a fait que s'accroître. J'ai horreur de le voir ainsi. La dernière fois que c'est arrivé, c'est lorsqu'il s'est confié à moi sur les circonstances de sa naissance. Toute cette fureur, cette rage, mais également cette peur, qu'il emmagasine en lui n'est pas bon. Parce que dans ces cas-là, il devient une bombe à retardement que je n'ai réussi à désamorcer qu'une seule et unique fois.

Mes mains se posent sur ses joues et je l'appelle autant de fois qu'il faut pour qu'il refasse surface. Qu'il me revienne. Quand c'est le cas, son regard s'est transformé. Il est plus sombre, plus dur, plus bestial, plus... dangereux. Ce n'est plus Harper que j'ai en face de moi. C'est le biker, le militaire qui a vécu l'enfer. L'homme qui réclame vengeance pour ce qu'il a subi.

— Qui ?

Il n'est que colère et je doute d'être capable de le calmer cette fois-ci. Surtout lorsqu'il apprendra qui est responsable de tout ce qui lui est arrivé durant ses derniers mois de services, mais je ne doute pas qu'il sera encore plus furieux lorsqu'il apprendra la véritable raison de mon départ. Celle qui est en lien avec celui qui a commandité l'attaque de son équipe et qui a fait perdre un bras à son meilleur ami.

— Harper…, dis-je d'une voix douce pour tenter de le calmer, mais en vain.

— Qui, putain ?!! gronde-t-il d'une voix forte, me faisant sursauter.

— Wolfgang Van Der Grof ? finis-je par lâcher, à bout de souffle. Le père de Samuel.

Silence. C'est le silence complet. Sa respiration se suspend lorsque je mentionne celui qui a voulu mettre fin à sa vie. Je relève mon visage vers le sien et la froideur qu'il arborait quelques minutes plus tôt n'est rien comparée à ce qui se trouve dans ses iris à cet instant précis. C'est le néant le plus total.

Je le retiens par la main lorsqu'il amorce la descente des escaliers. Le regard qu'il me lance fait remonter une sueur froide le long de mon échine, mais je l'occulte. Je n'ai pas peur de lui. Il ne me ferait aucun mal, je le sais. Par contre, ce que je ressens pour lui me vrille l'estomac. Je crains qu'il ne fasse une connerie. Comme coller une balle dans le crâne de Van der Grof senior, par exemple. Alors, je me place devant lui et le force à ne pas briser notre lien.

— Laisse-moi passer, Charley, dit-il, sur les nerfs.

Terminé le petit surnom qui fait battre les papillons dans mon estomac. Nous revoilà au point de départ.

— Non.

— Charley...

— Je n'ai pas envie que tu fasses une connerie, H. Tu n'es pas en état de réfléchir. La fureur t'aveugle, tout comme ta soif de vengeance.

— Tu n'as aucune idée de ce que je ressens en ce moment.

— Peut-être, mais je te connais, H.

Il s'apprête à dire quelque chose, sans doute blessant, mais je ne lui en laisse pas le temps. Je pose mes lèvres sur les siennes et lui apporte un défouloir. Si la dernière fois, j'avais pu l'apaiser avec mes mots, j'espère que cette fois-ci, je pourrais faire redescendre la fureur avec mon corps. Harper le comprend aussi et il s'infiltre dans l'échappatoire que je viens de lui offrir.

Mon dos rejoint le mur en moins de temps qu'il n'en faut pour le dire, tandis que sa bouche pille la mienne de la meilleure des façons. On pourrait nous surprendre, mais c'est le dernier de mes soucis pour le moment. Tout ce que je veux, c'est éviter qu'il commette l'irréparable.

Il mordille la peau sensible qui se trouve entre mon épaule et ma gorge, tandis qu'il glisse une jambe entre les miennes, les écartant comme il le souhaite. Je gémis lorsque mon intimité vient frotter contre sa cuisse, procurant mille et une sensations délicieuses.

Entre nos respirations laborieuses, mes gémissements et ses grognements, je parviens à distinguer le bruit de sa braguette. Mon biker s'écarte juste assez pour baisser son jean, ainsi que son caleçon, avant de revenir vers moi. Ses mains s'accrochent à mes hanches, remontant le volant de ma robe blanche puis déchire mon sous-vêtement favori.

— Harper !

— Je t'en rachèterai cent si tu veux, mais là, j'ai juste envie d'être en toi.

Je hoche la tête, ne trouvant aucune autre réponse adéquate. Il me soulève dans ses bras, tandis que les miens se placent sur ses épaules et j'enroule mes jambes autour de sa taille. Comme avant, je niche mes doigts dans ses cheveux, défaisant le chignon qui était planté sur le haut de son crâne.

— H...

— Je sais, ma belle, je sais.

Ses doigts quittent ma hanche pour venir se poser sur mon clitoris gorgé de plaisir. Ma tête part en arrière et vient taper contre le mur derrière moi. Je mordille ma lèvre inférieure, lorsque la bouche de Harper happe la pointe durcie de mon sein. Il suçote mon téton à travers le tissu de ma robe, avant qu'il n'insère un doigt en moi.

— Putain, tu es si serrée, petit glaçon.

Je gémis lorsqu'il recourbe son doigt à l'intérieur avant d'en ajouter un deuxième. Son pouce s'amuse à presser mon bouton magique, me provoquant d'innombrables frissons, quand je sens la tension si familière de l'orgasme grimper le long de mon dos.

— Jouis, ma belle.

Et c'est ce que je fais. Je succombe au nirvana en plongeant sur les lèvres de mon motard. Il me rend mon baiser et me sert un peu plus contre lui.

— Putain, Char… ça m'avait manqué.

Un sourire détendu se dessine sur mes lèvres et je referme les yeux lorsqu'il entre en moi.

— Ouvre les yeux. Regarde-moi.

Je les ouvre et les plante dans ceux d'Harper. La fureur est toujours présente dans son regard, mais quelque chose d'autre est venu s'ajouter. Quelque chose que je n'avais pas vu depuis longtemps.

— Harper…

Mon biker mordille la peau de mon cou tout en grognant lorsque je me contracte autour de lui. Chaque coup fait apparaître des étoiles dans mes yeux et fait battre les papillons dans mon estomac.

Un second orgasme naît rapidement au creux de mes reins. Lui non plus, n'est pas en reste. Son souffle et son pouls s'accélèrent. Je dépose un baiser sur sa peau palpitante et souris lorsque je l'entends grogner. Néanmoins, mon sourire ne dure pas longtemps. Le plaisir me transporte dans un autre monde et je me laisse tomber contre son torse musclé. Le front sur son épaule, j'essaie de reprendre ma respiration tandis qu'il dépose de légers baisers sur ma peau découverte.

C'est un grattement de gorge qui nous fait revenir sur terre. Harper tourne son visage vers notre visiteur en jurant, tandis que je me cache du mieux que je peux.

— Qu'est-ce que tu veux, Xan ?

— Désolé de te déranger dans ton… moment de détente, mais Ax a appelé.

— Putain, fais chier !

Harper se détache de moi et je ressens immédiatement le vide. J'essaie de remettre de l'ordre dans ma tenue, ainsi que dans mes cheveux, alors qu'il fait de même avec son pantalon. J'évite son regard, mais, comme toujours, il ne me laisse pas m'échapper pour autant. Il me coince lorsque j'essaie de descendre l'escalier.

— Qu'est-ce que tu fais ? demandé-je.

— Tu viens avec moi. Ta copine aussi. Va la chercher et rejoins-nous sur le parking.

— Pourquoi ?

— Parce que si ce que tu m'as dit est vrai, nous partons en guerre.

CHAPITRE 17

Je ne décolère pas pendant que je fais le trajet jusqu'au parking. Savoir que cet enfoiré de Van der Grof est responsable de tout ça, me fout en rage et je dois dire que Charley a parfaitement su comment me canaliser… pour un temps. Putain, coucher avec elle aurait dû faire naître un sentiment de regret, ou de je ne sais quoi, mais c'est tout le contraire. J'en veux plus, putain. Et vu le regard que me lance Xan lorsque j'arrive, il le sait aussi.

— Qu'est-ce qu'on attend ? demande-t-il, alors que je m'installe sur ma moto avant de sortir mon paquet de cigarettes.

— Charley et sa copine.

— Tu rigoles ?

— Absolument pas. Elles savent des choses qui changent la donne.

— Comme quoi ?

Il sort, à son tour, une clope avant de la coincer entre ses lèvres. Il l'allume grâce au zippo que je lui tends.

— Du genre, ce qui nous est arrivé dans le désert, avoué-je solennellement.

Mon meilleur pote marque un temps d'arrêt, avant de tourner son visage vers moi. Fini le gars aux allures sympas, j'ai l'impression de voir ce que Charley a vu quelques minutes auparavant. Néanmoins, il n'ajoute rien lorsque les filles nous rejoignent. Mon petit glaçon vient se placer à mes côtés et je souris quand je vois un début de chair de poule sur ses bras. Mays, elle, ne semble pas enthousiaste, vu la tronche qu'elle tire.

— Qu'est-ce qu'on fait maintenant ? demande ma blonde en croisant ses bras sous sa poitrine.

— On va au club, réponds-je en recrachant une bouffée de nicotine.

— Je ne crois pas, non.

Nous nous tournons vers sa copine, dont le visage est devenu blafard.

— Mays...

— Non, Char, il est hors de question que je mette les pieds dans ce centre de MST ambulant.

Je stoppe mon pote quand il fait un pas dans sa direction et je prends la parole à sa place.

— Tu n'as pas le choix, petit génie. Si tu ne viens pas de

ton plein gré, on t'y emmènera par la peau du cul et, crois-moi, tu n'as pas envie de ça.

— Mais...

— Pas de mais, la coupé-je. Tu as voulu jouer en nous piratant. Assume les conséquences.

La fameuse Mays ouvre la bouche, mais un simple regard vers sa meilleure amie suffit à la lui faire refermer. Charley se tourne vers nous et nous adresse un petit sourire.

— On vous suit en voiture.

Je hoche la tête et la retiens par la main, quand elle fait mine de se diriger vers sa berline. Elle hausse un sourcil, tandis que Xan enfile son casque et allume le moteur de sa Triumph Bonneville bobber. Le bruit de son moteur couvre mes paroles et cela m'arrange beaucoup.

— Fais attention sur la route.

Elle acquiesce avant de se défaire de ma prise et de se diriger vers sa voiture. Je la regarde monter à l'intérieur avant d'enjamber ma Street Triple. J'allume le moteur, puis fais signe à mon frangin que je suis prêt.

Moins d'une demi-heure plus tard, nous nous garons sur le parking du club. Mays fait toujours la gueule lorsqu'elle sort de la voiture. À croire qu'on l'emmène à l'échafaud, sérieux. Charley, elle, semble subjuguée par l'endroit. En même temps, c'est la première fois qu'elle met les pieds ici. Je m'approche d'elle et me penche près de son oreille.

— Avoue, tu t'attendais à des meufs à poil à chaque coin de mur, ainsi que des mecs bedonnants, la bite à l'air et une bière à la main.

— Je n'aurais peut-être pas fait ce choix de mots, mais

oui, c'est ce à quoi je m'attendais, en effet.

— Rassurée ?

— Un peu.

— Bienvenue chez moi, petit glaçon.

Je ricane avant de m'écarter et de marcher en direction de la baraque. Les femmes à poils ont été remplacées par les gosses, sauf lors des soirées, quand les moins de seize ans sont au lit. Quant aux mecs bedonnants, la bite à l'air et une bière à la main, il y en a quelques-uns, mais la soirée n'est pas assez avancée pour qu'ils nous montrent leurs attributs.

En arrivant dans le club-house, je fais signe à Cécrops ainsi qu'à Arcas qui sont accoudés au bar. Je vois bien leurs airs surpris lorsqu'ils se rendent compte de la présence de Charley derrière moi. Cette dernière semble vouloir disparaître sous les regards des personnes présentes. Une main posée sur son avant-bras, je l'empêche de faire demi-tour et la traîne dans mon sillage. J'ignore où se trouve Xander, mais les cris provenant sans doute de Mays m'indiquent la direction de la chapelle.

— On ne peut pas dire que ta copine n'a pas de voix.

Charley ne rit pas de ma remarque, au contraire, ses sourcils se froncent en entendant de nouveau sa copine gueuler comme si on allait l'égorger.

— Vous n'allez pas lui faire de mal, n'est-ce pas ?

Je me stoppe et me tourne vers elle. Cette fois, c'est à moi de froncer les sourcils.

Pour qui est-ce qu'elle nous prend ?

— On ne fait pas de mal aux femmes ni aux enfants, dis-je

un peu plus fermement, vexé qu'elle puisse penser ça de nous, de moi.

— Harper… ce n'est pas ce que je voulais dire.

— Alors qu'est-ce que tu voulais dire ?

— Je…

— Laisse tomber. Allons rejoindre ta copine avant qu'elle ne réveille toute la casbah.

Je reprends ma marche, légèrement vexé par ses propos. En arrivant dans la chapelle, elle se dirige vers sa copine tandis que je fais face aux regards dépités de Rule et d'Ax. Le président passe une main sur son visage avant de coincer deux doigts dans sa bouche et de siffler, stoppant instantanément la discussion des filles.

— Vous avez fini de jacter ? demande le Prez en posant ses coudes sur la table.

Mays semble sur le point de répondre, mais ma blonde l'en empêche. Bon choix. Je ne suis pas sûr que le Prez apprécie les mots qui semblent vouloir sortir de la bouche de la geekette. Tous les visages se tournent vers Grey lorsqu'il entre dans la pièce, muni d'un ordinateur portable. Il s'installe à sa place avant de se tourner vers les deux filles qui se trouvent en bout de table.

— Alors c'est elle qui a réussi à nous hacker ? demande le geek en focalisant son regard sur Mays.

— Ouais, c'est elle, répond-elle avec sarcasme.

— Et elle a du répondant en plus.

— Ça, c'est sûr, ajoute Xan avant d'allumer une sèche, ce qui lui vaut un regard noir de la part de la principale concernée.

— Et encore, tu n'as rien vu, connard ! ajoute cette dernière avec véhémence.

— Mays ! gronde Charley en se massant les tempes.

— Quoi ?! Ce n'est pas ma faute si ses bouseux ne savent pas protéger correctement leurs données.

Mon petit glaçon se tape le front de la paume de la main, avant de me jeter un regard désolé.

— Bouseux ? J'ai rêvé ou elle vient de nous traiter de bouseux ? rétorque mon frère, de plus en plus énervé.

— Non, ce n'est pas ce qu'elle voulait dire, tente de temporiser la blonde, avant de lancer un regard noir à la brune. Mays dit des trucs débiles lorsqu'elle est stressée.

— Je ne suis pas...

Sa phrase ne se termine pas puisque Charley pose sa main sur sa bouche. Quand elle est certaine que sa copine ne compte pas l'ouvrir de nouveau, elle la retire avant de se tourner vers nous.

— Je suis désolée. Mays n'aurait pas dû fouiller dans vos dossiers.

— En effet, elle n'aurait pas dû, reprend Ax en passant une main dans sa barbe. Mais ce que j'aimerais savoir, c'est comment elle s'y est prise et pourquoi elle l'a fait.

— Je...

Char se tourne vers sa pote qui semble être devenue muette tout à coup. Elle lui fait signe de parler, mais la geekette n'en démord pas et garde sa bouche fermée.

— Tu ne crois pas que c'est le moment de l'ouvrir, là ? ne peut s'empêcher d'ajouter Xander.

Tout le monde attend sa réponse... qui ne vient pas. Du moins pas avec des mots. Au lieu de parler, elle fait signe à Grey de lui donner l'ordinateur. Le hacker s'exécute, sans la quitter des yeux. Il observe chacun de ses mouvements et semble véritablement impressionné. Moins de cinq minutes plus tard, elle tourne l'écran en direction de mon père et de mon Prez.

— Loin de moi de critiquer tes talents, le biker, mais il faudrait vraiment revoir tes pare-feu, déclare-t-elle, fière d'elle.

CHAPITRE 18

Ax hausse les sourcils en voyant ce qu'elle a été capable de faire en moins de cinq minutes. À vrai dire, on l'est tous. En moins de temps qu'il ne faut pour le dire, elle a réussi à entrer dans le système de surveillance du club. Nous avons devant nous toutes les images de toutes les caméras installées un peu partout sur la propriété.

Après avoir examiné l'écran de l'ordi, le Prez lève son regard vers elle. Mays est enfoncée dans le fauteuil, les bras croisés sous sa poitrine et le sourire vainqueur.

— Pourquoi être entré dans notre base de données ? demande Ax.

— Je voulais savoir qui il était, répond-elle en me montrant d'un signe de tête.

— Mais tu n'as pas fait que ça, je me trompe ? continue Rule, les bras croisés, adossé au mur.

— Non, en effet. J'ai jeté un coup d'œil à son dossier militaire ainsi qu'à celui de Robocop.

Xander grogne, ce qui lui vaut un regard amusé de la jolie métisse.

— Et tu as trouvé ce que tu cherchais ?

— Oui et apparemment, j'ai trouvé bien plus que ça. Comme le responsable du bras en moins du Soldat de l'hiver[3].

Mon pote se tend en entendant la référence, avant de secouer la tête. Il a beau paraître sérieux et froid, je crois que le tempérament volcanique de la brune lui plaît beaucoup. Il a toujours eu un faible pour les caractères explosifs.

Ax sort son paquet de cigarettes et en place une entre ses lèvres avant de l'allumer.

— Tu comptes balancer ce que tu sais, ou on va y passer la nuit ?

— J'y viens, j'y viens. Donc, je disais, j'ai jeté un coup d'œil aux dossiers militaires de Tic et Tac. J'avoue ne pas avoir trouvé grand-chose, vu qu'il est classé « secret défense », mais je n'abandonne pas aussi facilement. J'ai donc creusé un peu plus et j'ai réussi à trouver vos dossiers complets. C'est dingue ce qu'on peut trouver grâce au dark web. Enfin bref, une fois vos dossiers devant les yeux, j'ai effectué quelques recherches et une chose en amenant une autre, j'ai atterri sur un dossier classifié.

---

3 Personnage de Bucky Barnes ayant perdu un bras dans la saga des Avengers

— Un dossier classifié ? demande Grey, les sourcils froncés.

Je m'installe sur mon fauteuil et sors le petit couteau que se trouve dans ma boots. Je fais tourner la lame entre mes doigts tout en écoutant l'échange qui se déroule devant moi.

— Oui, je ne vais pas t'apprendre qu'avec les bons outils, on peut tout trouver et tout avoir sur le dark web.

— Non, en effet.

— Alors, avec l'aide de quelques contacts, j'ai réussi à avoir accès à ce fameux dossier. Il s'agissait d'une espèce de contrat passé entre des talibans, ceux qui ont capturé M & M's, et un certain Wolfgang Van der Grof.

— Putain de bordel de merde, jure Rule en écrasant sa cigarette.

Mon père adoptif semble vraiment furax. Le contentieux entre les autres trous du cul et le club n'est pas un secret. Le père et le fils tentent de nous mettre sous les verrous. Ce que je ne comprends pas, par contre, c'est pourquoi Van der Grof senior a passé un contrat avec les talibans.

— Tu as les détails du contrat ? demandé-je avant de planter la lame de mon couteau dans le bois de la table.

— Je pourrais le retrouver, mais de mémoire, il me semble qu'il y avait un truc de soutien politique, ainsi qu'un contrat d'exécution. À ton nom.

— Il n'y avait qu'un seul nom ? questionne Xander.

— Oui, celui de Harper. Pas le tien, C-3PO[4].

---

4 Dans l'épisode IV de Star Wars, C-3PO perd un bras suite à l'attaque d'Homme des sables (source : allociné)

— Pourquoi ? Pourquoi viser Harper et non pas Ax, ou tout le club ?

— J'en ai aucune putain d'idée, répond ce dernier, visiblement énervé. Mais je me dis qu'un petit tour à la tour d'ivoire de notre cher Van der Grof ne serait pas de refus. Lui rappeler qui on est et qu'on ne s'attaque pas à nous impunément.

Tous les membres présents hochent la tête et je suis sûr que les autres n'y verront aucun inconvénient. Combien d'entre nous ont été victimes de cette enflure ? Beaucoup trop.

— Bien, continue le président. Grey, tu t'occupes de nous trouver cet enfoiré.

— C'est comme si c'était fait, Prez.

Le hacker quitte la chapelle, son ordinateur portable sous le bras. Ax tourne son regard vers les deux jeunes femmes. Charley n'a pas bougé d'un centimètre et mordille la peau de son pouce, signe qu'elle est anxieuse.

— Quant à vous, mesdemoiselles, vous allez rester ici, déclare-t-il.

— Quoi ?! Non, mais vous êtes malade, je n'ai pas envie de rester ici !! s'époumone la geekette.

— Ça, il fallait y penser avant. Donc, tu vas rester ici et bien sagement en plus. Je m'en cogne que cela ne te plaise pas.

Elle s'apprête à répondre, mais comme quelques minutes auparavant, mon petit glaçon l'en empêche et répond à sa place.

— On va rester là.

— Bien. Si vous avez besoin de quelque chose, demandez aux filles ou aux prospects.

Elle hoche la tête avant d'entraîner sa pote vers la sortie. Quand je tourne mon visage vers les autres, je constate qu'ils ont tous les yeux posés sur moi.

— Quoi ?

— Alors c'est elle qui te menait par le bout de la queue lorsque tu étais au lycée.

Ax se fout de ma gueule, mais je m'en moque. Je n'ai jamais caché que j'avais cette fille dans la peau et ce n'est pas maintenant que je vais le faire. Surtout qu'elle semble toujours bien ancrée.

— Ouais.

— Je comprends mieux maintenant.

Je range mon petit canif avant de me lever. Je leur adresse un dernier signe de tête, puis quitte la chapelle. Je marche en direction de la grande salle où je suis sûr de la retrouver. Je compte bien reprendre ce que j'ai commencé un peu plus tôt dans l'escalier.

Je fouille la pièce du regard et ne tarde pas à la voir. Elle est installée au bar avec Mays. Elles semblent en grande conversation et je ne doute pas que la jolie métisse n'apprécie pas trop d'être ici, mais pour le moment, c'est le cadet de mes soucis. Je veux baiser, mais pas n'importe quelle brebis. Je veux Charley.

Mes pas me mènent à elle, alors qu'un grand sourire se dessine sur mon visage alors que sa pote me lance un regard meurtrier. Je pense que si ses yeux étaient des mitraillettes, je serais mort avant même d'avoir fait le moindre geste.

Malheureusement, ma bonne humeur disparaît comme neige au soleil lorsque Melody s'accroche à mon bras. Ses seins à peine drapés par ce qui lui sert de tee-shirt, elle se frotte contre moi sans aucune gêne.

— Harper...

Sa voix mielleuse me donne la migraine et je n'hésite pas avant de l'écarter de moi.

— Fous-moi la paix, Mel, j'ai autre chose à foutre. Va voir quelqu'un d'autre.

Son regard devient un peu plus dur et son sourire un peu plus crispé. Elle s'en va sans faire d'esclandre, mais je sais que ce n'est que partie remise, c'est bien étonnant de sa part. Quelque chose me dit que son esprit perfide prépare un truc qui ne va pas me plaire. Lorsque je tourne mon visage vers ma blonde, le sien est fermé et ses yeux refusent tout contact avec les miens. Mays semble être sur le point de m'émasculer sur place, mais je n'en tiens pas compte. J'attrape le bras de ma meuf et la fais descendre du tabouret sur lequel elle était assise. Bien évidemment, elle m'engueule et tente de se défaire de ma poigne, mais sans succès. Lorsqu'elle fait mine d'y parvenir, je la bascule sur mon épaule, lui coupant la chique.

Ma paume posée sur son cul, afin d'éviter que mes frères aient une vue complète sur ce qui se cache sous cette robe blanche, je marche jusqu'à ma piaule. Une fois à l'abri, je la repose à terre, puis ferme la porte à clé. Ses cheveux sont en bataille et son regard assassin.

— Tu n'es qu'un connard, Harper ! lance-t-elle en même temps qu'elle attrape un oreiller pour me le jeter à la figure.

Je n'essaie pas de l'éviter tandis que mes lèvres s'étirent, ce qui semble la rendre encore plus furax. J'ai toujours adoré lorsqu'elle était jalouse. Sa tendance glaciale s'effrite pour mieux laisser place à la flamme ardente qui brûle en elle et qui ne demande qu'à sortir.

— Je n'ai jamais prétendu le contraire, petit glaçon.

— Tu la sautes ?

— Pourquoi ? T'es jalouse ?

Ma question la prend au dépourvu, mais elle rebondit rapidement et s'approche de moi. Lorsqu'elle se trouve à quelques centimètres, mon sourire s'agrandit, alors qu'elle plante son index contre mon torse.

— Tu rêves, si tu crois que je suis jalouse.

— Alors pourquoi tu te mets dans cet état ? Tu veux qu'elle se joigne à nous ? Je suis sûr qu'elle serait partante, ce ne serait pas la première fois.

La rougeur des joues de Charley s'intensifie sous la colère. Elle n'a absolument pas conscience que jamais je ne ferais ça. D'une, parce que je n'ai jamais été partageur, et certainement pas avec elle, et de deux, parce qu'aucune autre main que les miennes ne se posera sur son corps.

Chioné

CHAPITRE 19

Purée, qu'il m'énerve avec son petit sourire en coin et son air sexy !

Dire que ces propos me choquent est un euphémisme. Je ne suis pas naïve au point de croire qu'il n'y a pas eu d'autres filles, mais qu'il me demande si je veux que cette pétasse peroxydée nous rejoigne… Ça me fout hors de moi. Le doigt toujours planté sur son torse, mes réactions semblent grandement l'amuser. Par contre, son sourire se fendille légèrement quand je passe à l'attaque.

— Tant qu'à faire un plan à trois, autant invité Xander ou l'un de tes frères.

— Je ne crois pas non, il est hors de question que je te partage… avec qui que ce soit.

— Donc, si je comprends bien, je peux te partager avec l'autre pouffe, mais tu ne veux pas qu'on me partage ? C'est assez machiste, ça, Harper.

Comme quelques heures auparavant, mon dos rencontre le mur et mon souffle se coupe sous l'impact. Le visage de H se trouve à quelques centimètres du mien, alors que ses mains épinglent les miennes contre le battant.

— Je ne partage pas ce qui m'appartient, petit glaçon, rentre-toi ça dans le crâne.

— Alors, pourquoi avoir proposé que ta pétasse nous rejoigne ?

Son visage fond sur ma gorge, réduisant à néant toute envie de combattre. Ses lèvres chatouillent mon cou et je retiens de justesse un gémissement. Il n'est pas question qu'il sache l'effet qu'il me fait, même si je me doute qu'il le sait déjà.

— Parce que j'adore te voir quand tu es jalouse, chuchote-t-il à mon oreille.

— Je ne suis pas jalouse, tenté-je, sans grande conviction, alors que son visage se place à un cheveu du mien.

— Oh si ! tu l'es. Tu as cette petite flamme au fond des yeux. Celle qui me fait sévèrement bander.

— Il va sérieusement falloir penser à consulter, H, tu sembles bander pour un rien.

— C'est le cas, seulement lorsqu'il s'agit de toi.

Son regard toujours plongé dans le mien, il sourit de nouveau, avant de se coller entièrement contre moi, me montrant l'effet que notre joute verbale produit sur lui. Je gémis lorsque le renflement de son jean frotte contre mon pubis.

— Si je passe une main sur ta petite chatte, est-ce que je vais la trouver mouillée ?

Je hoche la tête, mordillant ma lèvre inférieure, incapable de parler. Harper continue son mouvement de bassin tout en lâchant une de mes mains pour plonger la sienne au niveau de mon entrejambe. Il a la preuve de ce qu'il voulait et son sourire s'agrandit.

— Qu'est-ce qui te fait mouiller, C ?

— À ton avis ?

Le son de ma voix témoigne de mon besoin de lui. Je me déteste d'être aussi prévisible, mais je ne peux pas m'en empêcher.

— Oh, mais c'est que mon petit glaçon se transforme en braise.

— Je ne me souvenais pas que tu parlais autant durant l'acte.

H ricane avant de me soulever et de me porter jusqu'à son lit. Il me laisse tomber sur le matelas avant d'entamer son déshabillage. Je me redresse sur mes coudes pour l'observer, aspirant ma lèvre inférieure entre mes dents. Je le regarde virer ses boots, son cuir, son tee-shirt ainsi que son jean. Son érection déforme magnifiquement son caleçon blanc, lui donnant l'impression d'être énorme. Bien qu'il n'ait pas besoin de compenser quoi que ce soit de ce côté-là. Je n'ai peut-être connu que lui, mais je n'ai jamais eu à me plaindre de nos parties de jambes en l'air.

Mon biker tend une main dans ma direction. Je n'hésite pas avant de la prendre et m'installe à genoux sur le matelas.

Mes doigts me démangent de le toucher, de tracer les tatouages qui se sont ajoutés depuis la dernière fois que je l'ai vu torse nu, mais je me retiens. Au lieu de ça, je décide de poser ma bouche sur l'un de ses tétons. Harper grogne et empoigne ma tignasse blonde, tout en me gardant contre lui.

— Putain, Charley !

Son juron fait naître un sentiment de puissance en moi. Il est dans cet état grâce à moi et ça me plaît. Malheureusement, il reprend vite les rênes et m'écarte de lui. Il retire ma robe avant de l'envoyer voler quelque part dans la pièce. Ses mains se retrouvent partout sur mon corps, inondant chaque centimètre de ma peau d'un plaisir sans nom. Plaisir que je n'avais pas ressenti depuis bien trop longtemps.

Harper nous fait basculer, me tirant un sourire ainsi qu'un gémissement lorsqu'il se place entre mes cuisses, plaquant sa bouche sur la mienne. Un grognement sourd s'échappe de sa gorge quand ma main quitte sa nuque, à laquelle je m'étais accrochée quelques secondes auparavant, pour descendre le long de son corps. Mes doigts caressent son torse et ses abdos avant de frôler le tissu tendu de son boxer. Son membre en main, je le presse légèrement entre mes doigts.

Comme récompense, ou comme avertissement, il mord ma lèvre avant de s'écarter. Ses yeux sont lourds de désir. Je me dis que je ne dois pas être mal non plus, étant donné comment pulse mon entrejambe. J'essaie de resserrer mes cuisses, mais c'est sans compter la présence d'Harper. Son sourcil droit se redresse, comprenant ce que je m'apprêtais à faire.

— Besoin d'être soulagée, petit glaçon ?

— Va te faire foutre.

— J'y compte bien, ma belle. J'y compte bien.

Un gémissement naît dans ma poitrine lorsqu'il pose sa main pile là où il faut. J'essaie de me retenir de me frotter à lui comme une chatte en chaleur, mais en vain. Je cherche la friction parfaite, celle qui m'enverra dans les étoiles et qui soulagera mon désir qui ne cesse de croître.

Malgré nos halètements qui ne laissent aucun doute sur ce que nous sommes en train de faire, je parviens à entendre Harper retirer la dernière barrière qui nous sépare. L'instant d'après, je sens son gland contre mon entrée et d'un coup de rein, il est en moi pour la seconde fois de la soirée. Une de mes mains s'agrippe à son épaule, l'autre, à ses cheveux, je tente de suivre son rythme effréné. C'est comme s'il cherchait à me faire décoller le plus rapidement possible et il y parvient lorsqu'un premier orgasme me submerge.

— Ouvre les yeux, ma belle. Je veux que tu me regardes lorsque tu jouis.

Et c'est ce que je fais, même si je ne m'étais pas rendu compte de les avoir fermés. Mon regard plonge dans le sien, alors que le plaisir m'envahit de toute part.

À peine ai-je refait surface qu'il entoure mon clitoris de deux de ses doigts. Il tire doucement dessus avant d'atténuer la douleur par un petit massage à l'aide de son pouce. Il répète son mouvement une deuxième fois et jure lorsque je me contracte une fois de plus autour de lui. Sa bouche vient se placer contre ma gorge et mordille ma peau sensible. Cette troisième stimulation suffit à déclencher un second orgasme, ainsi que le sien, par la même occasion.

Il se laisse tomber sur moi, tout en évitant de trop m'écraser, avant de nous faire rouler. J'ignore comment nous réussissons à ne pas nous casser la gueule du lit, mais nous y parvenons.

Toujours profondément en moi, H caresse mes cheveux avec une douceur qui me fait revenir à notre adolescence. Ma main dessine le contour de la tortue qui est tatouée sur son pectoral droit, souriant lorsque la chair de poule commence à apparaître sur ses bras.

— Tu as de nouveaux tatouages, murmuré-je.

— Ouais, j'en ai fait quelques-uns lorsque je suis rentré de l'armée. Il me fallait quelque chose qui m'ancre dans le présent et quoi de mieux qu'une aiguille et de l'encre.

— Je suis désolée.

Il se tend sous moi, avant de glisser un doigt sous mon menton, pour remonter mon visage vers le sien.

— De quoi est-ce que tu parles, C ?

— Je me dis que c'est ma faute si Van der Grof en a après toi.

— Pourquoi est-ce que tu penses ça ?

Ça y est, nous y sommes. Il *est temps qu'il sache ce qu'il s'est passé dix ans plus tôt.*

— Parce qu'il est au courant de ce que nous avons fait. Il est au courant de tout, Harper, et il a tenté de s'en prendre à moi le soir de la remise des diplômes.

Chioné

CHAPITRE 20

Dix ans plus tôt — Soirée de la remise des diplômes

Cette soirée débile ne fait que commencer et, pourtant, j'ai l'impression que cela fait des heures que je suis assise sur cette chaise de jardin, à regarder le monde autour de moi. Aucune de ces personnes n'est ici parce que j'ai eu mon diplôme, non, elles sont ici pour être vues. Elles se foutent complètement que je sois major de ma promo. Tout ce qui les intéresse, c'est d'être dans les bonnes grâces de mon père.

J'ai tenté plusieurs fois de m'éclipser, fuir cette fête truquée pour rejoindre Harper, mais chaque fois, le regard froid de Leonard Prescott m'arrête en route. Je suis une déception pour lui, je le sais depuis que je suis enfant. Pas que j'ai fait quelque chose de mal, ah si, je suis née avec un vagin au lieu d'un pénis. Ce qui m'a valu d'être une source de déconvenue constante *pour lui et d'*être *invisible pour ma mère. De toute façon, elle préfère le directeur de campagne de papa à ses enfants. Je suis presque sûr qu'elle se le tape chaque fois qu'elle va au « spa ».*

Bref, les seules personnes qui s'intéressent à ce que je suis réellement sont, soit dans la cuisine en train de veiller à ce que tout soit parfait, soit dans un club de motards à l'autre bout de la ville.

— Charlesia, me ferais-tu l'honneur de cette danse ?

Je suis sortie de mon ennui mortel par Samuel, le fils de l'un des investisseurs de papa et homme politique renommé de l'Utah. Je suis tentée d'accepter pour pouvoir lui marcher sur les pieds à chaque pas, mais je me retiens. Cet abruti serait capable de se faire des idées et de ne plus me lâcher après ça. Déjà qu'il est du genre collant, autant éviter d'en rajouter une couche.

— Je suis désolée, mais j'ai une affreuse crampe au mollet à cause de ces talons, mens-je avec un grand sourire. Peut-être une autre fois.

*Je soupire lorsqu'il s'*éclipse sans un mot de plus et j'avale le champagne qui reste dans mon verre. J'ai dû soudoyer l'un des serveurs pour qu'il accepte de me le donner, vu que je n*'ai pas vingt-et-un ans. C'est la premi*ère fois que j'en bois et je dois dire que je m'attendais à mieux. Je crois que de ce côté-là, je ne tiens pas de ma mère, qui *elle, le consomme comme du petit lait.*

Après quelques minutes, et certaine que Samuel est hors de portée de vue, je me lève et marche en direction de la maison. Je n'ai même pas fait un pas en dehors de la tente installée dans l'immense jardin, que mon père m'attrape par le bras.

— Où est-ce que tu vas, jeune fille ? demande-t-il d'un ton

tout sauf aimable.

— Aux toilettes. À moins qu'il ne faille une lettre signée de ton sang m'autorisant à y aller.

— Ne joue pas trop, jeune fille, tu risquerais de perdre certains de tes privilèges.

— Mes privilèges ? Tu te fiches de moi, de quels privilèges parles-tu, père ?

Il relâche sa prise lorsqu'un couple d'une quarantaine d'années, que je n'avais jamais vu avant ce jour, passe près de nous et le salue. Je profite qu'il est occupé pour me faufiler à l'intérieur. Une fois à l'abri, dans ce château de marbre, je me dirige vers la cuisine pour y trouver Claire, sauf qu'elle n'est nulle part.

Je hausse les épaules, dépose quelques petits-fours dans une assiette et me dirige vers ma chambre, où se trouve mon téléphone. Dans le hall menant à l'*escalier, je rencontre le père de Samuel. Ce type me fait froid dans le dos chaque fois que je le croise et aujourd'hui ne déroge pas à la règle. Il m'adresse un grand sourire lorsque je passe à côté de lui, mais quelque chose me dit qu'il y a un truc qui cloche.*

Pourquoi est-il ici alors que la fête est dehors ?

Je n'ai pas le temps de trouver la réponse que sa paume se pose sur ma bouche, me prenant par surprise et me faisant lâcher l'assiette que j'avais dans les mains. Son souffle près de mon oreille me dégoûte et me donne un haut de cœur, mais ce n'est pas le pire. Non, le pire, c'est lorsque je sens son érection contre mes fesses, ainsi que ses mains qui se baladent partout sur mon corps. Je ne peux faire aucun mouvement, je suis complètement paralysée et il semble satisfait de lui.

— Alors, mon petit sucre d'orge, on s'acoquine avec la

racaille du coin à ce que je vois, dit-il en se frottant contre moi, mais sache que je sais tout ce qui se passe dans cette foutue ville. Absolument tout. Y compris lorsqu'un homme comme Orlando Heigl disparaît de la surface de la Terre.

Tout mon corps se crispe à la mention d'Orlando. Il est impossible qu'il sache ce qu'il s'est passé. Harper m'a promis que personne ne saurait rien. Il l'a juré.

— L'histoire de la fugue n'est absolument pas crédible, je vais le prouver et lorsque ce sera fait, j'enverrai ce petit scélérat ainsi que tout son club derrière les barreaux. C'est là qu'est leur place. Mais avant, je vais profiter de ton petit corps de déesse, ma jolie. Je vais tellement te baiser que ce petit con de biker ne voudra plus de toi après cela. Après tout, qui voudrait d'une traînée dans ton genre ? Celle qui trahit sa famille pour se faire baiser par un gangster. Imagine la tête de ton père lorsqu'il saura par qui sa fille s'est fait déflorer. *Je ne doute pas que tu te retrouveras reniée et bannie par les tiens.*

Je suis sur le point de vomir lorsque sa prise se desserre. Mes pieds semblent retrouver leurs fonctions et je m'écarte le plus loin possible de lui. Son rire graveleux me donne des sueurs froides et la sensation de millier d'araignées qui court sur ma peau ne semble pas vouloir s'atténuer.

— Nous n'en avons pas terminé, ma jolie. Bientôt, je t'aurai dans mon lit.

Sur ces derniers mots, il quitte le couloir. Me laissant glacée jusqu'à l'os et complètement désemparée. Mon cœur me dit de foncer à l'étage, de prendre mon téléphone et d'appeler Harper. Lui dire tout ce qui vient de se passer, mais mon corps, lui, n'est pas d'accord. Il refuse d'émettre le moindre mouvement. J'ai juste le temps de me retenir à la rambarde de l'escalier avant de m'effondrer.

H me serre un peu plus fort dans ses bras et je sens la fureur émaner de lui. Je ne compte plus le nombre de larmes qui s'échappent de mes yeux depuis que j'ai commencé mon récit. Raconter ce qu'il s'est passé cette fameuse soirée, enlève un poids sur mes épaules, même si la honte prend rapidement le pas sur le reste. Je me redresse et passe une main dans mes cheveux avant de remonter le drap sur moi.

Je le sens bouger, j'imagine déjà qu'il va quitter le lit, se rhabiller et fuir le plus loin possible, mais à mon grand étonnement, il se place derrière moi. Ses jambes se mêlent aux miennes, alors que son torse se colle contre mon dos. Je suis d'autant plus surprise lorsque ses lèvres viennent se presser contre ma nuque.

— Je le tuerai, Charley. Je te le jure. Il paiera pour chaque mot qu'il a dit et pour chaque geste qu'il a pu te faire subir.

Et je le crois, parce que Harper en a le pouvoir. Lui seul est capable de me protéger.

HARPER

CHAPITRE 21

Charley est profondément endormie. Lorsqu'elle a compris que je ne la laisserai pas après ses révélations, elle s'est effondrée une fois de plus dans mes bras. Je l'ai tenue fermement contre mon torse, jusqu'à ce qu'elle tombe dans l'antre de Morphée, ce qui ne risque pas de m'arriver tellement la rage boue dans mes veines. Je n'en reviens toujours pas que cet enfoiré de Van der Grof ait tenté d'abuser d'elle. Je pensais que son départ avait un lien avec son père ou cette fameuse nuit, mais savoir que cette enflure est derrière tout ça, je vois rouge.

Une fois certain qu'elle ne se réveillera pas, je quitte le lit et enfile un jean, avant de sortir de la chambre. Il faut que je trouve Ax et Rule. Ils doivent tout savoir, y compris la partie que je leur ai cachée depuis près d'une décennie, ce connard de Heigl.

Je soupire de soulagement quand je distingue de la lumière provenant du bureau du président. Je toque trois fois contre le panneau de bois et attends une réponse positive. Une fois que je l'ai, j'entre et m'installe sur l'un des fauteuils.

— Je croyais que tu honorais ta copine à l'heure qu'il est, pas que tu te trouverais dans mon bureau avec la tête d'un chien sauvage qui a la rage.

— Je l'ai fait, mais quelque chose est arrivé.

Mon Prez se redresse dans son fauteuil, me donnant sa complète attention. Son visage abandonne le petit sourire qu'il avait au coin des lèvres pour devenir totalement sérieux.

— Qu'est-ce qu'il s'est passé ?

— Tu te souviens de la disparition d'Orlando Heigl ?

— Le gars de la station-service, qui était dans ton lycée ?

— Ouais.

— Vaguement, une affaire de fugue, si je me souviens bien.

— Ce n'est pas le cas.

— De quoi, l'affaire de fugue ou mes souvenirs ?

— La fugue. Heigl est mort, il y a dix ans.

— Je peux te demander comment tu sais ça.

— Parce que c'est moi qui l'ai buté.

Ses yeux deviennent neutres. Impossible de savoir ce qu'il pense et encore bien moins sur ce qui va arriver par la suite.

— Comment est-ce que c'est arrivé ?

— C'était peu avant la remise des diplômes, commencé-je, avec Charley, on s'est arrêté à la station-service pour faire le plein de ma bécane. Heigl était connu pour son addiction à l'alcool et aux drogues dures. Malheureusement, il était en froid avec ses dealers pour manque de paiement. Donc, quand il nous a vus arriver, il a sans doute cru qu'on avait du cash. Moi, parce que j'étais prospect chez les Sinners et Charley, parce que c'était une gosse de riche. Enfin bref, il nous a pris le chou durant tout le temps où j'ai fait mon plein et au moment de payer, ce con a sorti une arme et l'a pointée contre la tempe de Charley. Il allait tirer si je ne lui donnais pas le fric, je l'ai dans ses yeux, alors je l'ai buté.

— Putain, Harper !

— Je sais, je suis désolé, je n'ai pas réfléchi clairement sur le moment. Je voulais juste qu'elle n'ait rien. Je devais la protéger, Ax.

Mon président passe une main sur son visage, avant d'attraper son paquet de clopes. Il m'en tend une, je l'accepte et la coince entre mes lèvres.

— J'ai fait ce que je devais faire pour la protéger, reprends-je pour briser le silence pesant.

— Je le sais, H. Tu es un bon gars, tu ne l'as sans doute pas fait de gaîté de cœur. Après tout, je suis mal placé pour parler, je ferais tout pour protéger Riley et Calliope. Mais ce que je ne comprends pas, c'est le lien avec Van der Grof.

— Il sait tout et il a coincé Charley dans un coin, le soir de la remise des diplômes. Elle a flippé et elle s'est barrée à Providence. Elle vient de me l'annoncer.

— Putain ! Je savais que ce mec était la pire des ordures, mais là, il… je ne trouve même pas les mots.

— Il doit mourir, Ax. Je veux qu'il souffre pour chaque mot qu'il a prononcé, chaque geste déplacé qu'il a eu envers elle. Il doit crever et je veux que ce soit de ma main.

Paxton hoche la tête. Il tire de nouveau sur sa sèche, avant de l'éteindre alors qu'elle est à peine consumée. Je fronce les sourcils en sentant le changement d'atmosphère de la pièce.

— Qu'est-ce qu'il y a ? questionné-je en abandonnant à mon tour, ma clope.

— C'est Rule.

Je me redresse aussitôt dans mon siège lorsque j'entends le nom de route de père adoptif.

— Qu'est-ce qu'il se passe ?

— Ses crises sont de plus en plus fréquentes et de plus en plus violentes. Il m'a rendu son patch de sergent d'armes.

— Quoi ?

— On savait que ça allait arriver, Harper.

— Mais pas maintenant ! Pas alors qu'on a le plus besoin de lui !

— Je sais, c'est pour ça que je lui ai demandé d'attendre la fin de la mission « Phoenix ». Ensuite, il pourra rendre le patch ou le donner à qui il le souhaite.

Je me lève et quitte la pièce, sans un regard en arrière. Je m'en veux de ne pas avoir été plus présent ces derniers temps. Enfin physiquement, j'étais là, mais mes pensées étaient toutes ailleurs, dirigées vers la femme qui est allongée dans mon lit, enroulée dans mes draps, à cet instant précis. Putain, si j'avais moins pensé à elle, j'aurais vu que quelque chose n'allait pas avec Rule.

Je finis par m'arrêter lorsque j'arrive dans la cour du club. Je m'installe sur l'un des sièges de la balançoire, construite par les membres lorsque les premiers enfants sont arrivés. Je jure lorsque je me rappelle que je n'ai pas mon cuir, donc pas de cigarettes à portée de mains. Je n'ai aucune envie de bouger mes fesses pour aller chercher une bouteille de whisky, alors je reste planté là, à me balancer doucement. Seulement, je ne reste pas seul bien longtemps, quand je le sens s'installer sur l'autre siège.

— Tu comptais m'en parler quand ? l'interrogé-je en ne quittant pas des yeux l'arbre qui se trouve devant moi.

— J'allais le faire, fils.

Je me tourne vers celui qui m'a élevé. C'est rare lorsqu'il m'appelle comme ça, mais chaque fois qu'il le fait, j'entends toujours une pointe de fierté dans sa voix.

— Tu sais à qui tu vas céder le patch ?

— J'ai ma petite idée, en effet. Harper...

— Tu l'as dit à maman ?

— Tu sais bien que ta mère sait tout. Du moins, c'est ce qu'elle croit, ajoute-t-il avec un clin d'œil.

Je pouffe de rire lorsque j'entends sa dernière phrase. Rule a toujours su comment rendre ma mère complètement folle, et, je crois, qu'il n'y a pas une seule fois où je l'ai vue triste au cours de ses dix-sept dernières années. Bon, je l'ai vue pleurer quelques fois lorsque j'ai déconné quand j'étais ado et lorsque je lui ai annoncé que je m'engageais dans l'armée. Mais à part ça, mon père... l'*ancien* sergent d'armes l'a rendue heureuse et je ne pourrai jamais assez le remercier pour ça.

— Tu vas...

— Non, je ne quitte pas le club, Harper. Je serai juste plus en retrait.

J'ignore combien de temps nous restons ainsi, assis là, dans le calme, mais je me bouge lorsque le jour commence à se lever. Mon père fait de même avant de me prendre dans ses bras.

— Je serai là, fils.

Je ne dis rien à cause de la boule qui grossit dans ma gorge. Au lieu de ça, je m'écarte en acquiesçant, puis marche en direction du club-house. Lorsque j'arrive dans ma chambre, Charley est toujours endormie et emmitouflée sous la couverture. Elle serre mon oreiller dans ses bras et je souris avant de retirer mes fringues. Mon petit glaçon gigote lorsque je me glisse dans son dos, mais elle ne se réveille pas. Je dépose un baiser sur son épaule avant de coller mon front contre sa nuque et de plonger à mon tour dans le royaume de Morphée.

Chioné

CHAPITRE 22

Je ne sais pas où Harper a passé une bonne partie de la nuit, mais lorsque je l'ai senti se glisser dans mon dos, je me suis détendue. Je suis réveillée depuis un moment, maintenant, mais je n'ose pas remuer de peur qu'il quitte le royaume de Morphée. Il s'accroche tellement à moi qu'un simple mouvement suffirait. Malheureusement, il va falloir que je bouge, car ma vessie est sur le point d'exploser. Alors, le plus doucement possible, j'essaie de m'extraire de sa poigne et lorsque j'y parviens, il grogne sans pour autant ouvrir les yeux. Je soupire de soulagement, enfile son tee-shirt qui se trouve par terre et me dirige vers la salle de bain.

Une fois mon affaire faite, je me lave les mains, avant de me passer un petit coup d'eau sur le visage. J'ai des cernes et mes traits sont tirés. Si j'étais à Clarence Mansion et que ma mère était là, j'aurais eu droit à un certain nombre de reproches. J'essaie de les repousser de mon esprit, mais malheureusement, elles sont beaucoup trop ancrées pour disparaître lorsque je passe la porte de la salle de bain.

À mon retour dans la chambre, Harper n'a pas bougé d'un pouce. Dire qu'il est beau n'est pas assez. Je ne peux pas détacher mon regard de lui, tandis que je m'appuie contre l'encadrement de la porte et l'observe émerger tout doucement. Je suis incapable de cacher mon sourire lorsqu'il passe une main sur l'espace que j'occupais quelques minutes plus tôt et que je l'entends grommeler. J'ignore ce qu'il dit parce que je ne suis pas assez près, mais, en revanche, je peux très bien voir la bosse qui déforme le drap. Mes dents trouvent ma lèvre inférieure, la mordillant pour éviter de me jeter sur l'homme qui n'est qu'à quelques mètres de moi.

— Tu comptes me mater comme ça encore longtemps ou il faut que je vienne te chercher ?

Je sursaute en entendant le son de sa voix et mon sourire s'agrandit. Il a toujours les paupières closes et pourtant il sait que je suis là. Ce fil invisible, qui nous reliait dix ans plus tôt, ne semble pas s'être brisé, malgré le temps et les événements.

Je le regarde se redresser pour coller son dos contre le mur, tout en passant une main dans ses cheveux en bataille. Il est sexy comme ça. Tellement sexy que je suis obligée de resserrer mes cuisses pour essayer d'apaiser la tension qui y naît. Harper me fixe en haussant un sourcil, pas dupe de ce qui se passe dans ma tête, puis me fait signe de le rejoindre. Je m'exécute et lâche un petit cri lorsque je suis à quelques pas de lui et qu'il attrape le tee-shirt que je porte pour m'attirer à lui.

— J'aime te voir dans mes vêtements, dit-il contre ma peau.

— Pourquoi je n'en doute pas ?

— Parce que tu me connais.

Je ris pendant qu'il inverse nos positions et bloque mes mains au-dessus de ma tête. Son regard n'a plus rien de joueur, il est sérieux, ce qui affaiblit mon sourire.

— Qu'est-ce qu'il se passe ? demandé-je, inquiète de ce revirement.

Il ne me répond pas avec des mots. Au lieu de cela, il scelle ses lèvres aux miennes, dans un baiser aussi salvateur que destructeur. J'ignore ce qu'il se passe dans son esprit, mais il semble avoir un besoin urgent d'échapper à ses pensées, alors je le laisse faire. Je le laisse prendre ce qu'il veut de moi, puisque tout lui appartient déjà.

Sa bouche quitte la mienne pour venir se glisser dans mon cou, mordillant le moindre bout de peau qu'il trouve à sa portée. Le bruit caractéristique du tissu qui se déchire me fait ouvrir les yeux. Je l'observe passer l'arête de son nez sur ma poitrine à présent découverte. Une de mes mains passe sur son cuir chevelu tandis que l'autre s'accroche à l'oreiller, sous ma tête. Mes paupières se ferment à demi lorsque sa langue passe sur mon téton durci, mais elles se rouvrent presque instantanément quand l'absence de sa bouche se fait remarquer.

— Mais qu'est-ce..., balbutié-je en me redressant sur mes coudes pour le trouver en train me regarder avec son air malicieux. Tu fais quoi là, exactement ?

— Je t'observe.

— Et ? Tu n'as pas quelque chose d'autre à faire ?

— Oh si, plein.

Il quitte le lit, me laissant complètement sur le cul. La bouche à moitié ouverte, je le regarde ramasser son pantalon comme si de rien n'était.

Alors là, s'il croit que je vais le laisser faire...

Je me redresse sur le lit avant de lui sauter sur le dos. Harper fait quelques pas en avant afin de garder son équilibre tout en riant. Étant bien accrochée à lui, je mordille le lobe de son oreille, sachant très bien que c'est un point sensible chez lui. Il grogne comme un homme des cavernes, ou comme un ours, tout dépend le point de vue.

Il place une de ses mains sous mes fesses, afin que j'évite de me retrouver au sol et tourne son visage à demi vers moi.

— Je peux savoir ce que tu fais, petit glaçon ?

— Je te ramène au lit, qu'est-ce que tu crois ? Et puis arrête de m'appeler comme ça.

Il éclate de rire avant de, je ne sais comment, me tirer pour que je sois face à lui. Son air chafouin m'énerverait presque, si je n'étais pas aussi excitée.

— Tu aimes quand je t'appelle comme ça, alors ne fais pas genre.

Comme une gamine insouciante, je lui tire la langue, le faisant rire un peu plus. Mais comme Harper est très joueur, il ne s'arrête pas là. Il marche en direction de la salle de bain et alors que je me débats, sachant très bien ce qu'il a en tête, il me plaque contre le carrelage. Dans la seconde qui suit, une rivière d'eau froide m'atterrit dessus, me faisant hurler. Bien évidemment, cet enfoiré rigole, d'autant plus lorsque je manque de me retrouver face contre terre, popotin en l'air, quand il me dépose au sol.

— Tu n'es qu'un petit con, Harper.

— C'est pour ça que tu m'aimes, non ?

Un petit silence nous entoure lorsqu'il se rend compte de ce qu'il vient de dire. L'air change autour de nous, chassant l'amusement au profit de quelque chose de plus lourd. De plus sérieux. Harper tente de se détourner, mais je ne lui laisse pas le temps de quitter la cabine de douche.

— C'est exactement pour ça.

Il tourne son visage vers moi et mon cœur chavire, une fois de plus, pour cet homme. L'amour que je distingue dans son regard me fait frissonner et, quand sa bouche pille la mienne, je peux sentir son besoin. Ce besoin, presque primaire, de l'un et l'autre qui m'avait tellement manqué.

Quand il s'écarte, nous sommes à bout de souffle. Il dépose son front contre le mien alors que sa main vient caresser ma joue.

— Tu le penses vraiment ?

— De quoi, que je t'aime ou que tu es un petit con ?

— Les deux, ricane-t-il.

— Oui, je le pense vraiment, Harper, dis-je en ne répondant qu'à une seule partie de la question. Ça a toujours été toi et ce le sera toujours.

HARPER

CHAPITRE 23

Après notre petite session dans la salle de bain, j'emmène Charley prendre un petit déjeuner. En arrivant dans la cuisine, j'y découvre ma mère qui est en train d'engueuler ma sœur. Harley semble s'en foutre complètement et lève les yeux au ciel. Elle fait d'autant plus la gueule, lorsque je viens m'installer à côté d'elle. Je la retiens lorsqu'elle essaie de se lever et plonge mon regard dans le sien.

— Excuse-toi, dis-je d'une voix ferme.

— Pourquoi ? demande ma sœur, en prenant son air de sale gosse.

— Pour le manque de respect que tu viens d'avoir auprès de maman.

Elle ouvre la bouche et ma mère m'appelle, mais je lève la

main. Il est hors de question qu'elle laisse passer ça. J'ignore ce qui cloche chez ma cadette, mais ça ne lui donne pas le droit de manquer de respect à qui que ce soit. Surtout pas à notre mère.

— Excuse-toi, Harley, répété-je, plus durement.

— Va te faire foutre, Harper !

Ma petite sœur retire son bras de ma poigne et quitte la cuisine en jurant. Quand je me tourne vers ma mère, elle a les larmes aux yeux et tente tant bien que mal de les dissimuler par un sourire.

— Elle finira par se calmer, dit-elle avec de légers trémolos dans la voix.

— Tu ne devrais pas la laisser te parler ainsi, maman.

— Elle a dix-sept ans, Harper.

— Et alors ? Elle te doit le respect, merde !

Elle hoche la tête, signalant la fin de la discussion et se tourne vers Charley. Elle lui adresse un grand sourire et lui tend une tasse de café. Mon petit glaçon la remercie timidement, avant de s'installer sur l'un des tabourets du plan de travail.

— Tu dois être Charley, je suppose, reprend ma mère en coulant un regard dans ma direction.

— C'est bien moi.

Je me lève, les laissant discuter et me sers un mug avant de revenir à ma place.

— Ravi de te rencontrer, ma belle. Je suis Presley, la mère de Harper et du petit dragon qui vient de sortir.

— Enchantée de vous rencontrer.

— Tutoie-moi, ma belle. Avec le vouvoiement, j'ai l'impression d'être vieille.

Je pouffe en buvant une gorgée de mon café, ce qui me vaut un regard noir de la part de ma génitrice.

— J'espère pour toi que ce n'est pas un rire qui vient de t'échapper, mon bonhomme.

— Moi ? Rire de toi ? Tu m'as confondu avec Harley.

Un sourire renaît sur ses lèvres. Je les laisse discuter tandis que je m'éloigne pour m'en griller une. À peine suis-je assis sur une chaise en plastique qui se trouve dans la cour, que mon frangin s'installe à côté de moi.

— C'est mauvais pour la santé, me gronde-t-il en remontant ses lunettes sur son nez.

— Je sais.

— Alors pourquoi tu continues ?

— Parce que ça me fait du bien.

— Comment un tas de cochonneries peut-il te faire du bien ?

Hendrix et ses questions à la con. Bien qu'il n'ait pas totalement tort.

— Je n'en sais rien, frangin, c'est juste le cas, ajouté-je en haussant les épaules.

— Bah, tu devrais arrêter, je n'ai pas envie que tu meures à cause d'un cancer des poumons.

Sur ces derniers mots, Drix se lève, son livre de je-ne-sais-quoi sous le bras, et rentre. Je souris en finissant de fumer ma clope, puis jette le mégot dans le cendrier, qu'il faudra d'ailleurs penser à vider. Mon sourire s'agrandit lorsque je vois Lennox arrivé sur son vélo. Ce petit con a niqué sa bécane en loupant un virage et utilise sa vieille bicyclette depuis. Ordre de ses parents. On aime bien le faire chier avec ça, et vu qu'il monte vite en pression, c'est souvent hilarant.

Je le salue lorsqu'il passe à côté de moi. De lui-même, il prend le pot plein de mégots et part sans doute le vider. Je reste encore quelques minutes à l'extérieur, avant de rejoindre la chambre de Grey. Alors que j'arrive dans le couloir, je rentre dans quelque chose, ou plutôt quelqu'un me rentre dedans. La fille aux cheveux ébène relève son visage vers moi et je reconnais immédiatement Mays. Elle a les joues rougies, les yeux embués par l'orgasme qu'elle vient sans doute d'avoir et les cheveux en batailles. Son regard ne cesse de se diriger vers la chambre de Xander et je ne peux me retenir de rire.

— Alors comme ça, tu fais dans les bouseux, madame je-sais-tout ? plaisanté-je.

— La ferme !

— J'espère au moins que ça en valait la peine !

La jeune femme me contourne pour se diriger vers la grande salle. Je ricane dans ma barbe et finis mon trajet jusqu'à la piaule du geek. Je toque deux fois avant d'entrer. Grey baragouine quelque chose avant de se décoller de ses écrans et de se tourner vers moi.

— Du nouveau ? demandé-je.

— Ouais, mais ça ne va pas vous plaire.

— Merde ! De quel genre ?

— Du genre vraiment mauvais.

— Fais chier !

Je passe une main dans mes cheveux, avant de les relever et de les nouer grâce au cordon de cuir que j'ai toujours au poignet. Le hacker fait rouler son siège jusqu'à moi et me tend un dossier. Je le lis rapidement en refoulant mes envies de meurtres.

— Tu as prévenu Ax ?

— Non, pas encore. Je lui dirai juste avant la messe de tout à l'heure.

Je hoche la tête et quitte la pièce après avoir rendu les documents au geek. En sortant, je croise cette fois-ci mon meilleur ami, Joker est sur ses talons, et contrairement à la petite furie que j'ai croisée tout à l'heure, mon pote ne semble pas de très bonne humeur.

— Qu'est-ce qui t'arrive, tu as dormi sur la béquille ou quoi ?

Évidemment, ma petite blague ne le fait pas rire, il me répond par un grognement.

— Ne me dis pas que tu as réussi à faire jouir Véra[5] (*Mays*), mais que tu n'en as pas profité ? Putain, vieux, tu te ramollis.

— La ferme, H.

Le voir aussi grognon me fait éclater de rire immédiatement. Il me lance un doigt d'honneur, avant de se diriger vers la grande salle. Je le suis tout en jouant avec le malinois. En arrivant devant la porte qui mène à la cour, j'attrape sa balle et la lance à l'extérieur. Tout content d'avoir trouvé une nouvelle activité, le chien s'élance à toute vitesse.

---

5 Personnage dans Scooby-Doo

Sentant deux bras entourer ma taille, mon sourire s'agrandit, avant de disparaître instantanément, lorsque je me retourne.

— Melody, grogné-je en m'écartant de la prise de la brebis. Qu'est-ce que tu veux encore ?

— Que tu t'amuses avec moi, voyons, répond-elle comme si ça tombait sous le sens.

— Ouais, mais non, je vais passer mon tour. Va voir Hunger ou Floyd, je suis certain qu'ils seront plus que ravis de te baiser.

— Mais je ne veux pas d'eux, je te veux toi.

Putain, mais elle est bouchée ou comment ça se passe ?

— Je crois te l'avoir répété un bon nombre de fois, mais je vais le redire pour que ça rentre dans ton cerveau détraqué par la coke. Toi et moi, ça n'arrivera jamais. C'était sympa de te baiser, mais ça s'arrête là. Compris ?

— C'est à cause d'elle ?

— Je ne vois pas le rapport.

— Mais bien sûr que si, cette garce t'a volé à moi !

Je soupire en fermant les yeux et en me massant les tempes. Ma patience commence à s'effilocher et si en plus, elle se met à insulter ma nana, ça risque de ne pas le faire. Je prends alors une grande inspiration avant de parler le plus clairement possible afin que son cerveau, à moitié cramé par les drogues, comprenne.

— Fais un geste déplacé. Un regard noir. Dis une phrase vicieuse envers Charley et je t'arrache la langue avec un couteau à beurre, c'est compris ?

Les yeux de Melody fouillent les miens à la recherche d'une blague, mais je suis on ne peut plus sérieux. Si elle s'en prend à ma femme d'une quelconque manière, je le lui rendrai, mais au centuple. Personne ne lui fera de mal, tant que je serai présent. C'est déjà arrivé une fois, il est hors de question que ça recommence.

Chioné

CHAPITRE 24

Ces deux derniers jours passés avec Harper m'ont fait un bien fou. Cela faisait longtemps que je ne m'étais pas sentie ainsi et je dois dire que c'est salvateur, mais comme le dicton le dit si bien, chaque chose à une fin. Il est l'heure pour moi de retourner chez mes parents en compagnie de Mays. D'ailleurs, en parlant d'elle, quelque chose semble la tracasser, à la façon qu'elle a de se mordiller le pouce, les yeux dans le vide. Nous sommes dans la voiture et il n'y a que nous deux, mais contrairement aux autres fois où on ne peut pas l'arrêter de parler, là, elle ne dit pas un mot.

— Tout va bien ? finis-je par demander, quand je prends conscience que quelque chose cloche vraiment avec ma meilleure amie. Tu es toute calme.

— Ça va.

— Tu es sûre ?

Elle se mordille la lèvre inférieure avant de pousser un soupir. Alors que nous passons le portail de Clarence Mansion, elle se tourne à moitié vers moi et me fixe de ses yeux émeraude.

— J'ai couché avec le manchot.

Je pille, juste devant l'entrée de la grande bâtisse qui fait office de résidence familiale et me tourne à mon tour vers ma meilleure amie, la bouche grande ouverte. Un peu comme dans les dessins animés.

— Tu peux répéter ? demandé-je, en n'en revenant pas.

— J'ai. Couché. Avec. Le. Manchot.

— Tu veux dire Xander ?

— Ouais, c'est pareil, réplique Mays d'un geste de la main.

— Oh putain !

Je me replace correctement sur mon siège, beaucoup trop surprise pour faire autre chose. Une fois le choc passé, je tourne de nouveau mon visage vers elle et constate qu'elle a recommencé à mordiller son pouce.

— Et alors... Je veux dire, comment c'est arrivé ?

— Tu veux un dessin ?

— Non, te connaissant, il y aurait beaucoup trop de détails.

Elle soupire, avant de laisser tomber sa figure entre ses mains. Je crois que si nous en avions un sous la main, elle prendrait un coussin pour hurler dedans.

— Mays…

— J'ai merdé, d'accord ? C'est arrivé une fois et ça ne se reproduira plus jamais. De toute façon, on va retourner à Providence et ma vie sera de nouveau normale.

Mon silence qui s'éternise lui fait hausser un sourcil, avant de pointer un doigt accusateur dans ma direction.

— Ne me dis pas que tu vas rester ici, je t'en supplie.

— Je crois que si.

— Et ton boulot ? L'appart ?

— Le boulot, je peux en trouver partout, ce n'est pas un souci. Après tout, ce ne sont pas les laboratoires qui manquent dans le coin. Quant à l'appart, je paierai le loyer jusqu'à ce qu'on te trouve une nouvelle coloc.

— Mais je ne veux pas d'une autre coloc, Char ! J'adore vivre avec toi ! On a nos habitudes et puis je peux te faire confiance.

— On trouvera quelqu'un en qui tu peux avoir confiance, Mays.

— Tu sais très bien que non, Char. Et puis, si jamais…

Sa phrase meurt au moment où mon père sort de la maison pour venir à notre rencontre. Son visage rouge de colère n'annonce rien de bon et c'est encore pire lorsqu'il perd le masque de glace qui ne le quitte jamais. Lorsque son poing atterrit sur le capot de la voiture, je prends conscience qu'il n'est pas seulement en colère, mais que c'est pire que ça. Il est hors de lui et toute cette fureur qui traverse son regard m'est directement attribuée.

— Sors de cette putain de voiture, Charlesia ! hurle-t-il à

pleins poumons.

Mays me retient par le bras quand j'éteins le moteur de la berline et que je pose ma main sur la poignée de la portière.

— Char, j'ai un mauvais pressentiment, on devrait se barrer.

— Il ne me fera rien, dis-je, en ne sachant pas qui j'essaie de convaincre.

— Tu as vu dans quel état il est, crois-moi, il est capable de tout.

La peur qui fige son regard me fait mal au ventre, mais je n'ai pas le choix. Il faut que je sache pour quelle raison il est aussi furieux. Je retire mon bras de sa main et quitte la sécurité de l'habitacle. Ma meilleure amie me hurle de remonter dans la voiture, mais je ne l'écoute pas. Après tout, c'est mon père, il ne me ferait pas de mal. *Pas vrai ?*

Alors que j'avance près de lui, je me rends compte que je ne le connais pas aussi bien qu'il me le semblait. Comment je le sais ? Par la gifle qui me sonne dès qu'elle touche ma joue. La tête tournée à quatre-vingt-dix degrés, je pose une main sur ma peau meurtrie pour essayer d'atténuer la douleur, sans grand succès. Quand je tourne mon visage vers mon père, des larmes naissent dans mes yeux, mais je les ravale aussi vite qu'elles arrivent. Il est hors de question de lui donner cette joie. Celle de voir que son geste m'a blessée aussi bien physiquement que psychiquement. En vingt-huit ans, c'est la première fois qu'il lève la main sur moi et, à voir son expression, il meurt d'envie de recommencer.

D'ailleurs, il agrippe mon biceps lorsque j'essaie de m'éloigner. Je grimace quand sa prise se fait plus forte. Près de nous, Mays quitte à son tour la berline pour hurler à mon père de me lâcher, mais il l'écoute à peine. Son faciès se rapproche dangereusement du mien et la fureur qui marquait ses traits quelques minutes plus tôt ne s'est pas affaiblie, bien au contraire.

— Je savais qu'avoir une fille m'apporterait des emmerdes, mais toi, tu gagnes le premier prix, sale traînée !

— De quoi est-ce que tu parles ?

— Tu oses me le demander, en plus ?! Tu oses me demander de quoi je parle ?!

— Je...

Nouvelle gifle, bien plus forte que la première m'envoie valdinguer. Des étoiles naissent dans mes yeux et un goût métallique emplit ma bouche. Je passe un doigt sur ma lèvre et cille quand j'y aperçois du sang. Incapable d'émettre le moindre mouvement, complètement déconnectée de la réalité, je ne l'entends pas foncer sur moi. Ce ne sont que les cris de Mays qui me font prendre conscience du danger, mais il est déjà trop tard. Mon père s'installe à califourchon sur moi et projette l'arrière de ma tête contre le sol. De nouvelles étoiles viennent s'ajouter aux anciennes. Tout tourne autour de moi. Tout semble lointain quand il passe ses doigts autour de ma gorge et commence à m'étrangler. Ma vision devient floue lorsque l'air se fait rare dans mes poumons.

Mes mains s'accrochent aux siennes, les griffent afin de lui faire lâcher prise, mais rien n'y fait. Il est plus fort que moi et ma dernière pensée est destinée à Harper. Je me repasse en mémoire tous les moments qui m'ont fait apprécier ma vie et dont il a fait partie. Mon champ de vision rétrécit de plus en plus à cause du manque d'oxygène puis plus rien. Pas que je sois tombée dans l'inconscience, c'est juste que le poids de mon père sur moi disparaît d'un coup.

L'air qui entre de nouveau dans mes poumons me brûle et me fait tousser. Je ferme les yeux un instant avant de prendre conscience du calme qui nous entoure. Lorsque mes paupières s'ouvrent de nouveau, je découvre ma meilleure amie, debout, une arme à la main. Je tourne mon visage vers la gauche, où se trouve le corps de mon père. Il jure en se tenant le bras tout en lançant un regard noir en direction de ma sauveuse. Cette dernière se précipite vers moi et m'aide à me relever. Elle me soutient tout en nous dirigeant vers la voiture. Elle m'ouvre la portière passager pour que je m'y place avant de la refermer et de faire le tour, comme si elle avait le diable aux trousses. En moins d'une minute, elle allume le moteur, fait marche arrière et quitte la propriété.

— Char, il faut que reste éveillée, dit-elle lorsqu'elle voit que mes yeux se ferment doucement. Tu as sans doute une commotion cérébrale ou une connerie du genre. Reste éveillée, je t'en prie.

J'aimerais tellement faire ce qu'elle me dit, mais je suis à bout de force. Mes poumons me font un mal de chien, de même que les pulsions atroces dans mon crâne. Alors, je ne résiste pas à l'appel de l'inconscience et y plonge tête baissée.

MAYS

CHAPITRE 25

La tête de Charley penche en avant quand elle tombe dans les pommes. Je jure doucement en frappant le volant à l'aide de mes mains. Ses dernières tremblent encore, mais je parviens à ravaler la bile qui remonte dans ma gorge en voyant le sang s'écouler de ses plaies. Elle est vraiment mal en point, son connard de père ne l'a pas loupée quand il s'est mis à la tabasser.

Sans que je sache réellement pourquoi, je ne la conduis pas à l'hôpital, mais au temple de la dépravation. Un de ceux où je m'étais promis de ne jamais remettre les pieds. Le gars qui fait office de chien de garde au portail semble me reconnaître, puisqu'il ouvre directement sans que j'aie besoin de lui gueuler dessus. Sur le perron se tiennent deux hommes qui froncent les sourcils en reconnaissant la voiture. Ils s'approchent avant de siffler quand ils voient l'état de ma copine.

Je quitte l'habitacle au moment où Han Solo et Chewbacca (Harper et Xander) arrivent à ma rencontre. Harper se dirige directement du côté passager, tandis que Xander s'approche de moi. Les bras serrés contre ma poitrine, je fais les cent pas alors que le géant pose sa main valide sur mon épaule. Les larmes que j'avais retenues jusque-là s'écoulent sur mes joues.

— I-il allait la tuer, pleuré-je tandis qu'il me colle contre son torse. Je… j'ai vraiment cru qu'il allait le faire.

— Qu'est-ce qu'il s'est passé, Mays ? Qui lui a fait ça ?

— Son père. Il était furieux pour je ne sais quelle raison, je devais l'arrêter…

— Qu'est-ce que tu as fait ?

— Je lui ai tiré dessus, au bras.

Il s'écarte et même à travers mes yeux embués, je peux voir une légère lueur de fierté dans son regard.

— Tu as tiré sur Leonard Prescott ?

— T'es bouché ou quoi ? m'emporté-je en m'écartant de lui. C'est ce que je viens de te dire.

— Tu es vraiment surprenante, plume.

— Ne m'appelle pas comme ça, sinon…

— Sinon quoi ?

Je soupire face à son air de sale gosse, puis cherche mon amie des yeux. Le biker semble comprendre ce que je suis en train de faire puisqu'il prend ma main et me conduit vers un hangar qui se trouve à l'arrière de la propriété.

— Tu ne m'emmènes pas à votre fausse pour me tuer,

j'espère ?

— Bien que tes préjugés sur nous soient souvent drôles, non, nous n'avons pas de fausse où tous nos cadavres s'entassent, du moins pas dans l'enceinte du club, ajoute-t-il avec un clin d'œil. C'est l'infirmerie.

— Vous avez une infirmerie ?

— Ne sois pas si surprise, ce serait presque vexant.

Le sourire qu'il m'offre me prouve qu'il n'est en rien vexé, mais plutôt amusé. Sa main dans la mienne, nous entrons dans le bâtiment, où Harper est en train de faire les cent pas dans la salle principale. Il semble comme un lion qui est prêt à être envoyé dans l'arène. Quand il nous entend arriver, il relève la tête dans notre direction et s'approche d'un pas vif. Sa main attrape mon bras et son visage se rapproche du mien.

— Qu'est-ce qu'il s'est passé, putain ?!

Je m'apprête à répondre, mais son pote me devance pour tout lui expliquer. L'ex de Charley, du moins il l'était encore, il y a quelques jours, l'écoute attentivement, avant de pivoter de nouveau vers moi.

— Merci.

— De quoi ? demandé-je, surprise qu'il me remercie.

— Si tu n'avais pas été là, elle serait sans doute morte à l'heure qu'il est, alors merci.

Sans que je m'y attende, il me prend dans ses bras. Me sentant un peu gauche, je tapote rapidement son flanc avant de m'écarter. Je ne suis pas une grande adepte des contacts physiques, sauf dans le cadre d'une chambre à coucher, là, j'arrive à gérer. Un raclement de gorge brise notre contact visuel. Harper lance un regard amusé vers son pote qui se trouve derrière moi, avant de rejoindre une pièce munie d'une porte rouge.

Je me tourne vers l'ours, mais l'arrivée du président des Nyx's Sinners et de son VP m'empêche de dire quoi que ce soit. Je mordille ma lèvre inférieure, avant de m'attaquer à mon pouce. C'est un geste qui trahit ma nervosité, mais dont je n'arrive pas à me défaire. Ax se tourne vers moi et dépose une main sur mon épaule. Il me remercie d'un signe de tête, puis focalise son attention sur le grand mec roux qui s'avance vers nous. Je comprends rapidement qu'il est le médecin du club ou quelque chose du genre.

— Comment elle va ? demandé-je, avant de mordiller mon pouce.

— Elle va bien, du moins autant que possible dans ses circonstances. J'ai réussi à soigner le plus gros et j'ai appelé un gars qui me doit un service à l'hôpital. C'est un médecin et il sera plus à même que moi pour la soigner.

Je soupire de soulagement tout en posant une main sur ma poitrine.

Elle va bien. Charley va bien.

Je me répète ce mantra quand je sors de l'infirmerie pour prendre l'air. Xander ne m'a pas suivie et je l'en remercie, j'ai besoin de ce petit moment, seule. Essentiellement pour prendre réellement conscience que ma meilleure amie, la seule qui ait cru en moi ces dernières années, est bien vivante. Salement amochée, mais vivante.

Mon téléphone vibre dans la poche de mon jean, alors que la pluie commence à tomber. La joie que j'avais ressentie quelques minutes plus tôt disparaît totalement, lorsque je reconnais le numéro qui s'affiche.

Mon Dieu, ce n'est pas possible, il ne peut pas m'avoir retrouvée aussi vite. Pas après tout le mal que je me suis donné pour disparaître des radars.

CHAPITRE 26

Dès que Romance nous a prévenus que la berline de Charley était dans la cour, j'ai su que quelque chose n'allait pas. Et je ne me suis pas trompé. Si je n'avais pas eu aussi peur pour ma nana, je me serais rendu directement chez son enculé de père, pour terminer le travail que Mays avait commencé. Dublin est en train de parler avec son pote de l'hôpital tandis que je serre la main de mon petit glaçon. De toute façon, je pige que dalle au langage médical. Je tente de réchauffer sa peau, en vain. Elle a perdu beaucoup de sang et d'après les dires de sa copine, ce connard l'a frappée plus d'une fois, avant d'essayer de l'étrangler.

Je ferme les yeux et compte jusqu'à dix, afin de faire baisser l'envie de meurtre qui grimpe en flèche. C'est une technique que Florian, un mec qui était dans notre équipe à l'armée, m'a apprise. Il y a des fois où ça fonctionne et d'autres non...

Un peu comme aujourd'hui, en soi.

Je rouvre les paupières lorsque j'entends la porte de la chambre. Le doc du club entre et vient se placer de l'autre côté du lit.

— Il t'a dit quoi ? demandé-je.

— Elle a un traumatisme crânien dû aux coups contre le sol. Il pense aussi qu'à cause de l'étranglement, elle pourrait avoir quelques soucis au niveau des cordes vocales. Rien de bien grave, juste l'histoire de quelques jours.

— Putain…

— Mon pote lui a fait un test pour savoir son groupe sanguin et va revenir avec une poche ou deux, ainsi que des médocs.

— Merci.

Le doc hoche la tête, avant de sortir et de laisser la place à Xander. Mon meilleur ami regarde Charley pendant quelques secondes, puis tourne son visage vers moi.

— Alors ?

— Trauma crânien.

— Il avait déjà été violent avec elle ? demande-t-il en s'adossant au mur.

— Pas à ma connaissance.

— Quelque chose a dû véritablement le mettre en rogne pour qu'il essaie de la tuer.

— Ouais.

— J'ai demandé à Grey de voir s'il y avait des signalements de personnes blessées par balles dans les hôpitaux.

— Merci, mon frère.

— Harper... je sais que tu es furieux de ce qu'il vient d'arriver, mais ne laisse pas tes émotions prendre le dessus.

Je relève mon visage vers le sien. Il semble vraiment soucieux du fait que je puisse faire une connerie. Bon, après tout, il me connaît par cœur. Il sait que je suis à deux doigts de prendre ma bécane pour me rendre à Clarence Mansion et de coller une balle dans le front de cet enfoiré. La seule chose qui me retienne, c'est Charley.

— Je ne la perds pas de vue, X. J'y ajoute juste quelques étapes.

Xan soupire comprenant ce que cela signifie, puis passe une main sur sa prothèse. Le temps pluvieux ne doit pas l'aider et j'avoue que, dans d'autres circonstances, j'aurais tout fait pour lui changer les idées, mais pas là.

— Je te préviendrai si on a du nouveau sur le père.

Je hoche la tête, avant de me concentrer de nouveau sur ma nana. Son visage est plus livide que d'ordinaire, il est tiré et je suis sûr que si nous étions toujours au lycée, son rôle de reine des Glaces prendrait tout son sens. Pour une fois.

Je pose mon front sur sa cuisse et je ferme les yeux, laissant les souvenirs affluer.

**

Je déteste la science, surtout la biologie. J'y comprends que dalle, mais contrairement à certains bouffons, je ne fais chier personne. Je reste dans mon coin, au fond de la salle, les écouteurs vissés aux oreilles, mais comme le prof est un putain de connard, il m'a foutu avec un surdoué de la bio. J'étais censé avoir rendez-vous, il y a un quart d'heure, avec ce bouffon…

Je jure en éteignant mon joint, puis quitte le toit pour rejoindre la bibliothèque. Cette dernière est presque vide et je ne risque pas de louper la fameuse Reine des Glaces, comme tout le monde l'appelle. Personnellement, je ne vois pas pourquoi on la surnomme ainsi. Bon OK, elle est hautaine et sent le fric à plein nez, mais quelque chose me dit que tout ça, c'est de la poudre aux yeux.

Je tire la chaise qui se trouve en face d'elle et affiche un grand sourire qui horripile la plupart des gens, y compris mes parents.

— Tu es en retard, dit-elle sans pour autant lever les yeux de son bouquin.

— En retard pour ? demandé-je en pensant qu'elle parle à quelqu'un d'autre.

— L'exposé, crétin !

Ne me dites pas que…

Oh putain, c'est avec elle que je vais devoir me coltiner des heures et des heures d'études ? Je m'attendais plus à Martha Greenwalk ou Hugo Marshall, des élèves de mon cours de bio, mais certainement pas à la reine des neiges en personne.

Elle lève enfin son visage de son livre pour planter son regard dans le mien. Elle semble ni surprise ni mal à l'aise en ma présence, contrairement à bon nombre de personnes de ce foutu lycée.

— J'ignorais que tu étais un prodige de la bio, déclaré-je.

— Il y a plein de choses que tu ignores sur moi, lance-t-elle comme si de rien n'était, en détournant le regard.

Je me redresse et pose mes coudes sur la table qui nous sépare. Mon menton dans le creux de ma main, je l'observe intensément alors qu'elle range ses affaires.

— Vas-y, je t'écoute.

— Quoi ? demande-t-elle.

— Tu viens de dire qu'il y a plein de choses que j'ignore, alors... dis-moi ce que je ne sais pas.

— C'est n'importe quoi !

—Vraiment ?

Je hausse un sourcil et souris lorsque les siens se froncent. La reine des glaces attrape son livre de biologie, mais je suis plus rapide et place le bouquin sous mes coudes. Je pose mon menton sur mes paumes et la regarde d'un air innocent.

— Rends-moi mon livre, s'il te plaît.

— Je vais le faire, mais à une condition.

Mademoiselle Prescott m'observe bizarrement avant de se relever. Ses iris dorés pourraient paraître las à n'importe qui, mais même si c'est bien dissimulé, je perçois autre chose. Quelque chose qu'elle semble vouloir cacher à tout le monde. Le feu. Notre petit échange l'amuse plus qu'elle ne le laisse paraître et ça me donne envie de continuer.

— Laquelle ? finit-elle par céder.

— Dis-moi quelque chose que personne n'a jamais su à ton sujet. Parce que le truc de la reine des glaces, j'y crois pas du tout.

— Pourquoi est-ce que je ferais ça ? questionne-t-elle en haussant un sourcil, accentuant un peu plus la lueur de défis qui naît dans son regard. Qu'est-ce qui me dit que, si je le fais, tu n'iras pas tout balancer à tes copains et qu'en moins de temps qu'il ne faut pour le dire, tout le lycée sera au courant ?

— Parce que, je pense que ta carapace de glace te pèse beaucoup plus que tu ne pourrais l'admettre, avoué-je en éludant la seconde question.

— Et qu'est-ce qui te fait croire que je ne suis pas comme ça de nature ? Après tout, je pourrais être réellement tel que l'on me décrit.

— Mouais, mais non, pour deux choses. La première, tu as dit « je pourrais » au lieu de « je suis ».

— Et la seconde ?

— Ton regard, petit glaçon, ton regard. Ce n'est pas de la glace que j'y vois quand je croise tes jolis yeux dorés.

— Qu'est-ce que tu y vois alors ?

— Le feu. Tu brûles d'envie d'être toi-même, mais pour une raison que j'ignore, tu te retiens.

HARPER

CHAPITRE 27

Charley finit par se réveiller en plein milieu de la nuit. Elle a d'abord paniqué quand elle n'a pas reconnu le décor qui l'entourait, mais elle s'est calmée lorsque je me suis levé du fauteuil pour poser ma main sur sa joue.

— Qu'est-ce… ? commence-t-elle avant d'être prise d'une quinte de toux.

Je me lève pour lui servir un verre d'eau et le lui apporter. Je passe une main sur sa nuque et me place dans son dos après l'avoir redressée, afin qu'elle puisse boire. Elle avale quelques gorgées d'eau, avant de tourner son visage vers moi.

— Qu'est-ce qu'il s'est passé ? chuchote-t-elle d'une voix cassée. Où est-ce que je suis ?

— Calme-toi, petit glaçon, tu es au club.

— Au club ?

— Oui, Mays t'a amenée ici quand tu t'es évanouie dans la voiture.

— Mays a remis intentionnellement les pieds ici ?

— À croire qu'on n'est pas si mauvais que ça.

Un léger sourire naît sur ses lèvres. Elle se laisse aller contre moi et gémit quand l'arrière de son crâne touche mon épaule.

— J'ai l'impression qu'un camion m'est passé dessus.

— Tu as un traumatisme crânien et on a dû te recoudre.

Charley se tend et lève la main, sauf que celle-ci ne trouve que le bandage qui entoure le haut de sa tête.

— Ne me dis pas que vous avez dû me couper les cheveux, déclare-t-elle avec un soupçon d'appréhension.

— Désolé, Princesse, mais on n'avait pas le choix.

Je dépose un baiser sur sa tempe, tandis qu'elle soupire. Elle pose son visage sur mon torse et c'est à ce moment-là que les larmes se mettent à couler. Je fais du mieux que je le peux pour la consoler, mais rien n'y fait, alors je la laisse évacuer. Elle en a besoin après ce qu'elle vient de vivre. Après tout, ce n'est pas tous les jours que votre père tente de vous tuer en vous explosant le crâne contre le bitume.

Lorsque je sens que ses pleurs commencent à faiblir, je me laisse aller contre le matelas tout en la gardant contre moi. Elle s'accroche à mon tee-shirt comme à une bouée de sauvetage et ses sanglots me tordent le bide. Ce n'est pas la première fois que je la console, mais c'est bien la première fois que je la sens aussi anéantie. Je me sens impuissant face à ça et la seule chose que je puisse faire pour l'instant, c'est d'être là pour elle. Je m'occuperai de son père bien assez tôt.

— I-il a... essayé de... me tuer, H.

— Je sais et il va le regretter.

— Non.

Je fronce les sourcils et redresse son visage. Ce que je trouve dans son regard me laisse perplexe, car malgré ses joues humides, la détermination brille dans ses iris dorés.

— Char...

— Non, Harper, me coupe-t-elle, il est hors de question que tu finisses en prison à cause de moi. Il ne mérite pas le sang qui baignera tes mains si tu le fais.

Je ne suis pas d'accord, mais ça, elle n'a pas besoin de le savoir. Elle refuse peut-être que je bute son père, mais cela ne m'empêchera pas de lui donner la correction qu'il mérite.

— Je ne peux pas le laisser s'en sortir comme ça, Charley.

— Je sais, je te connais, Harper. Mais je te demande juste d'éviter de faire quoi que ce soit qui pourrait t'envoyer en prison. Tu le connais, il a le bras long et il n'hésitera pas à se servir de ses relations pour faire de ta vie un enfer.

— Il a essayé de te tuer, Char...

— Mais il n'y est pas arrivé, grâce à Mays. Je t'en supplie, H, ne le laisse pas gagner.

Je ne réponds pas et dépose un baiser sur son front à la place. Elle se rendort quelques minutes plus tard, me laissant seul avec mes pensées qui filent. Je ne dormirai pas, mais ça ne me dérange pas. Ce n'est pas la première fois que je fais une nuit blanche pour surveiller quelqu'un qui m'est cher.

Je l'ai fait lorsque mon meilleur pote s'est retrouvé à l'hosto, quand il a perdu son bras, puis lorsque Harley s'est retrouvée aux urgences pour son appendicite.

Quand le jour se lève à travers la fenêtre, la porte s'ouvre sur mes parents. Mon père a des cernes sous les yeux, signe que je ne suis pas le seul à ne pas avoir fermé l'œil. Ma mère, quant à elle, s'approche et dépose un baiser sur le haut de mon crâne, avant de passer son doigt sur la joue de ma nana.

— Comment va-t-elle ? demande-t-elle en ne la quittant pas des yeux.

— Elle s'est réveillée cette nuit.

— C'est une bonne chose, et psychologiquement ?

— Elle a pris conscience que son géniteur avait essayé de la rayer de la surface de la Terre.

— Elle va avoir besoin de toi, H.

— Je ne compte aller nulle part. J'ai déjà fait la connerie de la laisser partir une fois, je ne compte pas refaire la même erreur.

Ma mère sourit et quelque chose s'allume dans ses yeux. J'ignore ce que c'est, mais c'est bien la première fois que je vois ça.

— Je t'ai apporté quelques vêtements pour qu'elle puisse se changer.

— Merci, maman.

— Il n'y a pas de quoi, mon chéri. J'ai seulement pris quelques vêtements dans l'armoire de ta sœur, elles font à peu près la même taille.

Son regard devient triste à la mention de ma frangine, ce

qui m'alerte. Mon père vient se placer derrière elle et pose une main sur son épaule. Je comprends mieux maintenant pourquoi il semble fatigué.

— Elle n'est pas rentrée, c'est ça ?

— Non.

— Elle va revenir, dis-je pour essayer de redonner le sourire à ma mère. Ce n'est pas la première fois qu'elle nous fait le coup.

— Je sais, répond-elle en se collant à Rule, mais ça ne m'empêche pas de m'inquiéter pour elle.

— J'ai demandé aux prospects d'aller aux endroits où elle va souvent, ajoute mon père. Floyd et Hunger ont rendu visite aux petits cons qui lui servent d'amis.

Je hoche la tête et mon regard est attiré par Charley lorsqu'elle commence à bouger dans son sommeil. Pensant que c'est le signal de départ, mes parents quittent la chambre tandis que mon petit glaçon se réveille doucement.

Je souris lorsqu'elle retrousse son petit nez et qu'elle frotte ses yeux. Ses paupières papillonnent avant de s'ouvrir en grand. Elle relève son visage vers le mien et un léger sourire se dessine sur ses lèvres.

— Je crois que j'ai bavé sur ton tee shirt.

— Pas grave, c'est qu'un tee-shirt.

J'embrasse le bout de son nez, avant de faire la même chose sur ses lèvres. Elle gémit en me rendant mon baiser, avant de glisser sa main sur ma joue. Lorsque nous nous séparons, nos souffles sont courts et nos yeux voilés de désir, aussi bien pour elle que pour moi. J'essaie de demander à ma queue de se calmer, mais sans grand succès. Elle ne demande qu'à sortir et à se glisser dans le fourreau humide de Charley. Cependant, vu l'état de mon petit glaçon, je vais éviter de lui sauter dessus comme un animal en rut.

— Ma mère t'a apporté quelques affaires.

— Vraiment ?

Elle semble réellement surprise qu'elle ait pu faire ça de bonté de cœur. Je souris, avant de me lever et de l'aider à enfiler des vêtements plus confortables que ceux couverts de sang.

Chioné

CHAPITRE 28

Pendant qu'Harper m'aide à m'habiller, je tâche de faire abstraction du sang. Mon sang. Il me soutient lorsque j'enfile le bas de survêtement ainsi que le tee-shirt appartenant à sa petite sœur. D'après ce que j'ai compris, Harley semble être dans une mauvaise passe et je n'ai pas osé poser de questions. Mon homme est déjà assez sur les nerfs comme ça. Je sais qu'il ne comprend pas ma décision sur le fait de ne pas ôter la vie à mon géniteur, mais je le connais, il trouvera bien un moyen de lui faire payer ce que j'ai subi. Et si ce n'est pas par la mort, ce sera d'une autre manière. J'étais sérieuse lorsque je lui ai dit que mon père ne méritait pas le sang versé. Bien au contraire, il s'y attend et je suis persuadée qu'une tonne de gardes est venue infester Clarence Mansion depuis mon départ.

Durant la matinée, un médecin, membres du club, est

passé dans la chambre que j'occupais. Il m'a expliqué que le traumatisme crânien est grave et que si je ressens le moindre signe de somnolence, ou des nausées, je dois prévenir Dublin qui l'appellera. J'ai acquiescé, écoutant à moitié à cause du concert de hard rock qui se jouait dans mon crâne. Harper l'a bien compris et il m'a aidé à me relever. Il a demandé au doc si je pouvais quitter l'infirmerie et ce dernier a accepté. Ce qui fait que je me retrouve dans sa chambre, allongée dans son lit, bien au chaud sous la couette. On a beau être à la fin de l'été, je suis gelée depuis que j'ai vraiment pris conscience de ce qu'il s'est produit.

Mon biker voulait rester avec moi, mais je le lui ai interdit. Je refuse qu'il mette sa vie entre parenthèses parce que mon dingue de père a voulu me tuer. Et puis, j'ai besoin d'être seule un moment, où je peux être vulnérable. Pas que je ne l'ai pas été cette nuit lorsque je me suis réveillée, mais alors que je fais le tour de la pièce du regard, quelque chose se brise en moi. Quelque chose, que pendant longtemps, j'ai voulu plus que tout. L'amour inconditionnel de mes parents.

Alors, je pleure, je fais le deuil de ce fantasme qui n'a été que ça, un foutu fantasme. De la poudre aux yeux. Combien de fois, j'ai été jalouse lorsqu'Harper me racontait les soirées au club ? Celles où tous les membres se réunissent avec leurs familles. Les moments de joie, d'amour. Tout ce que je n'ai jamais eu, mais que j'ai toujours souhaité. Tout ce que je voulais, c'était appartenir à un groupe, que l'on m'aime pour ce que je suis et non pas pour mon nom de famille. Être estimée, autant pour mes qualités que pour mes défauts, mais alors que je suis toute seule dans cette chambre, sanglotant, je comprends que ce ne sera jamais le cas.

Je crois que c'est pour ça que je me suis tout de suite attachée à Mays. Parce que, même si elle le cache sous une bonne dose de sarcasme et de références à la con, nous sommes pareilles. Des petites filles qui cherchent à trouver un foyer. Je l'ai compris dès le premier jour où je l'ai vue, assise à la bibliothèque, pianotant à toute vitesse sur son ordinateur.

Comme j'ai quelques heures libres avant mon prochain cours, je me dirige vers la bibliothèque. Je salue la dame de l'accueil, qui m'offre un sourire, avant de reprendre ses activités. Je viens souvent ici, ce qui fait que le personnel me reconnaît assez facilement.

Je me dirige vers la table qui se trouve au fond de la bibliothèque, mais lorsque j'arrive, je me rends compte qu'elle est déjà prise. Une fille métisse, avec un chignon décoiffé, a le regard vissé sur l'écran de son ordinateur, tandis que ses doigts semblent survoler les touches. Pendant un court instant, je crois que c'est ce qu'elle fait, mais le bruit du clavier m'indique le contraire. Je m'apprête à faire demi-tour et à trouver un autre endroit, lorsqu'elle relève son visage vers moi. Elle me détaille durant une bonne minute, avant de me faire signe que je peux m'installer.

Je m'exécute et sors mon PC de mon sac. Sans un bruit, je commence à rédiger mon rapport sur la mutation des cellules, lorsque l'écran devient tout noir.

— Non, non, non, pas maintenant, marmonné-je en appuyant sur plusieurs touches.

Quand je prends conscience qu'il ne se rallumera pas, je jure avant de planquer mon visage dans mes mains. C'est officiel, j'ai la poisse.

— Ça va ?

Je relève mon visage vers la jeune femme. Elle me regarde, un sourcil haussé tout en jouant avec une de ses nombreuses bagues.

— Mon ordinateur vient de me lâcher.

*— Je peux y jeter un coup d'*œil ?

J'acquiesce et le lui tends. J'ignore ce qu'elle fait, mais je ne sais par quel miracle, ce petit con se rallume au bout de cinq minutes entre les mains de ma sauveuse. Or, contrairement à ce que je pensais, l'histoire ne s'arrête pas là. Elle pianote sur le clavier pendant une ou deux minutes, avant de lever son visage vers moi.

— Tu as prêté ton ordi, dernièrement ?

— Euh non, pas que je me souvienne, réponds-je en fronçant les sourcils.

— Ça fait longtemps qu'il rame comme il le fait ?

Depuis que j'ai quitté Salt Lake City avec le strict minimum et le cœur en miette.

— Deux mois, peut-être trois, je dirais… pourquoi ?

— Parce que tu as un logiciel espion.

— Pardon ?

— Quelqu'un a installé un logiciel espion dans ton ordinateur, il copie toutes tes données pour l'envoyer vers un serveur sécurisé.

Je suis bouche bée. Qui pourrait bien faire ça ? La petite ampoule au-dessus de ma tête se met à clignoter de plus en plus fort, en même temps que des flashs de ce qu'il s'est passé le soir de la remise des diplômes. Ma peau se couvre de chair de poule et l'air se fait rare dans mes poumons. La jeune femme, dont je ne connais toujours pas le nom, se lève de sa chaise pour venir s'accroupir devant moi. Bien que j'entende chacun de ces mots, mon cerveau ne les assimile pas. Elle m'aide à me tourner pour que je sois face à elle et me fait me baisser jusqu'à ce que ma poitrine touche mes cuisses.

Ma respiration se fait de plus en plus profonde et mon rythme cardiaque s'apaise. Lorsque je me redresse, je la remercie.

— Il n'y a pas de quoi, je suis désolée si j'ai provoqué cette crise.

— Je... non, ce n'est pas ta faute. Je suis légèrement à cran, ces derniers temps.

— Je suis Mays.

— Charlesia, mais tu peux m'appeler Charley.

Mes paupières ne s'ouvrent pas lorsque j'entends la porte de la chambre. Rien qu'à la tension de mon corps, je sais qui entre dans la pièce. Je ne remue pas, alors qu'il s'avance près de moi. Mes yeux s'ouvrent seulement quand j'entends l'eau de la douche couler. Je passe une main sur mon visage pour effacer les vestiges de mes pleurs. Quand le calme règne dans la salle de bain, je me recroqueville et je l'écoute se diriger vers la commode. Je l'imagine prendre un caleçon, l'enfiler avant de venir vers le lit. Il ne doit pas être loin de treize heures, mais il doit être crevé vu qu'il n'a pas dormi de la nuit.

Harper se glisse dans mon dos, passe sa main sous le tee-shirt que je lui ai piqué dès qu'il a quitté la chambre et caresse mon ventre. Je le sens s'endormir contre moi et le rythme de son cœur est comme une berceuse, qui m'envoie directement dans les bras de Morphée.

HARPER

CHAPITRE 29

La journée a été longue. Très longue. Entre le fait de savoir Charley seule dans ma piaule et les merdes qui se sont enchaînées au club, autant dire que la matinée est passée à une vitesse folle. Ce n'est que vers treize heures que j'ai senti la fatigue me tomber dessus comme une chape de plomb. En même temps, j'ai presque quarante-huit heures sans sommeil dans les pattes, donc, autant dire que je suis tombé comme une masse une fois que j'ai rejoint mon lit et la magnifique femme qui s'y trouvait.

Lorsque j'émerge quelques heures plus tard, la tête de Charley est posée sur son oreiller et sa main dessine le contour du tatouage sur mon cou. Son toucher éveille immédiatement une tout autre partie de mon corps, même si je sais que rien ne se passera pour le moment.

— Tu as plein de nouveaux tatouages, ils ont une signification particulière ?

— Certains, oui. D'autres, non.

— Et celui dans ton cou ?

Son doigt suit le corps du serpent qui est enroulé autour du crâne. Je me souviens l'avoir fait un soir de permission, il y a environ cinq ans. Avec Xander, nous étions complètement torchés et comme des cons, nous nous sommes mis à faire des paris avec les autres membres de l'équipe. À l'époque, Delina, la plus jeune de notre groupe qui avait un talent fou pour le dessin, s'est mise à griffonner un serpent enroulé autour d'une tête de mort et des fleurs à l'arrière. Je me souviens avoir kiffé le dessin et lui avoir demandé si elle était partante pour me le tatouer. Bien évidemment, ne refusant aucun défi, et ce même avec deux grammes dans chaque bras, nous nous sommes rendus dans le salon de tatouage le plus proche. Del a aguiché le type qui se tenait derrière le comptoir et cinq minutes plus tard, j'étais sur la table, entre les mains d'une fille aussi douée avec un crayon qu'avec une mitraillette.

Quand on dit qu'il ne faut jamais boire d'alcool avant de se faire tatouer, il faut écouter. Autant dire que j'ai pissé le sang pendant un moment avant que cela se calme. C'est le premier tatouage qui s'est ajouté à ceux déjà présents avant le départ de Charley, sauf si on compte celui des SEAL, placé sur mon biceps gauche.

— C'est une fille de mon équipe qui me l'a tatoué un soir de permission, réponds-je la gorge nouée.

Même après quelques mois, parler de mon équipe est difficile. Perdre quelqu'un n'est jamais facile, mais c'est encore pire lorsqu'on les perd tous, par sa faute. Parce que, soyons honnêtes, c'est à cause de moi si trois hommes et deux femmes ont perdu la vie ce jour-là.

Charley semble comprendre que le sujet est difficile puisqu'elle passe au tatouage suivant. Je lui explique la signification de chaque nouveau dessin. C'est un moment de détente, de bonne humeur et de taquinerie. J'aime la voir sourire, même si une petite lueur obscure persiste dans le fin fond de son regard. Je sais qu'elle essaie de penser à autre chose en parlant d'un sujet plus léger.

— Ça fait mal ? demande-t-elle au bout d'un moment, le menton posé sur sa main sur mon torse nu.

— Je pense que ça dépend des personnes, expliqué-je en caressant son dos de la pulpe de mes doigts. Chacun ressent la douleur de manière différente. Certains ne sentent rien du tout tandis que d'autres souffrent le martyre avant même que l'aiguille ne touche la peau.

Elle semble réfléchir quand elle glisse sa lèvre inférieure entre ses dents. Je crois qu'une seconde douche froide ne sera pas de refus… étant donné que ma queue se dresse lorsque je pose les yeux sur elle.

— Charley… grogné-je en me retenant de lui sauter dessus.

— Quoi ? demande-t-elle innocemment, ignorant toutes les émotions qui se bousculent sous mon crâne.

— Arrête ça.

— Arrêter quoi ? Je ne fais absolument rien.

— Ça, c'est ce que tu crois, mais lorsque tu mordilles ta lèvre comme tu viens de le faire, ça me donne des idées toutes sauf catholiques.

Mon petit glaçon se transforme en véritable petit démon,

lorsqu'elle hausse un sourcil et vient se placer à califourchon sur moi. Ses mains posées à plat sur mon torse, elle mordille de nouveau sa lèvre. Je suis tenté de la faire basculer et de lui donner une bonne leçon, mais je ne fais rien. Au lieu de ça, je décide de voir jusqu'où elle est prête à aller.

— Tu joues avec le feu, Snow.

— Oh, on a changé de registre. Je ne suis plus ton *petit glaçon* ?

— Tu ne l'as jamais été, dis-je sincèrement, mais j'avoue que, lorsque tu me regardes de cette façon, tu ressembles plus à une sorcière.

— Mais ça te plaît, non ? Quand je prends les devants pour avoir ce que je veux.

— Et qu'est-ce que tu veux ?

— N'est-ce pas évident ? dit-elle en rapprochant son visage du mien tout en commençant à bouger son bassin contre ma queue, déjà bien raide. C'est toi que je veux, Harper.

— Charley… tenté-je avant que son doigt ne barre mes lèvres pour me faire taire.

— Je vais bien, Harper. J'ai juste besoin de toi, en moi. Maintenant.

C'est faux, on le sait tous les deux, mais je décide de lui offrir ce moment. Aussi délicatement que possible, je me redresse et lui retire le tee-shirt qu'elle m'a piqué. J'aime lorsqu'elle porte mes fringues, sans doute l'homme possessif en moi.

Le maillot n'a pas atteint le pied du lit que ma bouche se pose déjà sur la pointe durcie de son sein. Ses mains fourragent mes cheveux, les tirent alors que son balancement augmente au fur et à mesure que le plaisir grimpe en elle. Bordel, je ne suis même pas enfoui en elle, mais c'est comme si j'y étais. La moiteur de sa chatte transperce le fin tissu de son sous-vêtement, ainsi que celui de mon boxer. Mes mains posées sur ses hanches descendent jusqu'à ses fesses et les pressent sans véritable douceur. Ma bouche quitte son téton et je découvre sa peau légèrement rougie par le grattement de ma barbe, avant de passer à son jumeau.

Je garde Charley contre moi lorsque son visage bascule en arrière quand le premier orgasme la submerge. Putain de merde, il faut que je sois en elle, maintenant, sinon je ne vais pas tenir.

Sans être un bourrin, j'inverse nos positions et la fais basculer sur le dos. Je fais attention à sa tête blessée ainsi qu'à sa lèvre fendue lorsque je pose mes lèvres sur les siennes. De la main gauche, je cherche à tâtons la table de chevet pour attraper un préservatif, même si l'idée de monter à cru ne me déplaît pas. Néanmoins, ce n'est pas le moment et je me reconcentre sur mon objectif.

Une fois le petit carré argenté entre mes doigts, je quitte les lèvres de mon petit flocon, tout en souriant quand elle gémit à cause du manque. Ses yeux, embués par son précédent orgasme, se mettent à pétiller un peu plus fort lorsque je déroule la capote sur ma queue dressée.

— Harper... gémit-elle en tendant sa main vers mon visage pour me rapprocher d'elle. J'ai besoin de toi.

Je ne la fais pas attendre et me glisse lentement en elle. Ses parois se contractent comme si j'étais dans un putain de fourreau et j'adore ça. J'adore être en elle, parce que chaque fois, c'est comme être à la maison. La meilleure des sensations.

Sa main quitte mon visage pour venir se poser sur mes fesses. Son regard rencontre le mien et me lance des éclairs, ce qui n'est pas crédible à cause des petites étoiles dans ses yeux et de ses joues rosies.

— Arrête de faire comme si j'étais en sucre, bon sang !

Si madame veut, madame l'aura. J'augmente le rythme de mes coups de reins, épingle ses mains au-dessus de sa tête et pille sa bouche fiévreusement. Elle dit avoir besoin de moi, mais je crois qu'elle ne se rend pas compte de l'emprise qu'elle a sur moi. Respirer n'est plus une priorité, mais mon shoot de Charley l'est. Comme dix ans auparavant, elle est devenue une drogue de laquelle je ne peux plus me passer et qui risque de me faire tomber de très haut si un jour tout s'arrête. Néanmoins, je repousse tout ça dans un coin de ma tête et me concentre seulement sur le plaisir de ma nana, qui n'est pas loin de son second orgasme. Je ne suis d'ailleurs pas très loin moi non plus. Je passe alors une main entre nos deux corps et pince son clitoris gonflé, ce qui la fait décoller en moins de deux. Je la suis, me vidant dans le préservatif avant de me laisser tomber sur le côté pour éviter de l'écraser.

Une fois ma respiration redevenue normale, je retire le bout de plastique, que je dépose dans un mouchoir avant de me coller contre le dos de mon petit démon. Elle se niche un peu plus contre moi, avant de se retourner et de planquer son visage dans mon cou. Ses lèvres se posent sur ma peau sensible, puis sa respiration devient plus profonde, indiquant qu'elle s'est endormie.

HARPER

CHAPITRE 30

Durant les deux jours qui suivent, Charley passe son temps avec Mays qui semble de plus en plus sur les nerfs. Elle a refusé de rester au club et préfère séjourner dans l'hôtel qui se trouve à quelques rues d'ici. Xander est sur les dents, mais pour toute autre chose, nous approchons de la date fatidique et rien ne peut enrayer cela. Le début de l'automne a toujours eu une emprise sur lui. Je ne suis pas au courant de tout ce qu'il s'est passé chez lui lorsqu'il était gosse, mais j'en connais suffisamment pour ne pas le lâcher d'une semelle.

La recherche de Van der Grof père s'avère être un peu plus compliquée qu'on ne le pensait. Ce salopard s'est retranché dans sa propriété, hautement sécurisée, dans les montagnes et quelque chose me dit qu'il n'est pas seul. En effet, le père de Charley s'est également évanoui dans la nature, mais son portable a borné pas loin du chalet de l'autre enfoiré, il y a de bonnes chances qu'il s'y soit planqué également.

Floyd et Hunger sont partis, ce matin, après la réunion pour aller faire du repérage. Ça me fait chier de ne pas y être allé, mais comme Ax l'a si bien résumé, Hunger est le meilleur dans son domaine et il n'aura pas l'esprit ailleurs. Traduction… tu restes ici et tu la fermes.

Donc, pour passer le temps, puisque ma nana est avec sa pote et que je me retrouve comme un con à ne rien faire, je bricole sur ma moto. Joker, qui a senti la mauvaise humeur de son maître, ne me quitte plus. Il reste couché dans un coin du hangar et regarde à l'extérieur, attendant sans doute que Xan revienne de sa balade matinale pour s'occuper de lui. Il se redresse quand le son d'une moto résonne dans la cour, mais se recouche aussitôt lorsqu'il s'aperçoit que ce n'est que Cécrops.

— Il va revenir, mon pépère, ne t'inquiète pas.

Il me répond d'un soupir, avant de poser sa gueule sur ses pattes, l'air triste. Je termine les dernières modifications que j'avais à faire, puis quitte l'atelier, le chien sur les talons.

En chemin vers le club-house, je croise Calliope, la fille d'Ax et Riley. Elle ne semble pas aller bien, alors qu'habituellement, elle a toujours un sourire collé au visage.

— Ça va ? demandé-je en m'installant à côté d'elle sur la balancelle.

Elle me répond d'un hochement de tête peu convaincant, avant de la laisser tomber sur ses genoux, qu'elle a ramenés contre sa poitrine.

— Tu es sûre ?

— Je vais bien, H, je suis juste fatiguée.

— Tu t'inquiètes pour Harley.

Callie redresse son visage vers moi et les larmes que je distingue dans ses yeux me font mal au cœur. Cette gosse est comme ma frangine et la voir dans cet état réveille mes instincts de grand frère. Je passe un bras autour de ses épaules et viens la serrer contre moi. Elle se laisse aller, s'accrochant à mon cuir quand ses sanglots se font plus forts.

— Ça va s'arranger, je te le promets.

— Je ne comprends pas ce que j'ai pu bien faire pour qu'on s'éloigne autant, H. C'est ma meilleure amie, mais elle…

— Elle est dans une période difficile, Callie. Je ne sais pas encore pourquoi, mais je vais le découvrir, d'accord ? Tout rentrera dans l'ordre.

Elle s'écarte en acquiesçant. Son sourire est toujours triste, mais l'espoir flotte dans ses yeux.

— Merci, H, dit-elle en déposant un bisou sur ma joue.

Je me lève et rejoins l'intérieur du club. C'est relativement calme, comparé à ce qui nous attend. Nous sommes tous sur le pied de guerre, il ne manque plus que les infos de Floyd et Hunger, puis nous pourrons partir. Chacun s'occupe différemment à la veille d'une bataille. Par exemple, Ax, Cam, Creed et Rule ne quittent pas leurs régulières, tandis que Grey reste dans son antre et Dublin partage une brebis avec Rob. Quant à Jagger, Cécrops, Arcas et Clark, ils sont soit en balade à moto, soit en train de faire un billard ou de se bourrer la gueule. Ils ne sont pas bien difficiles.

La grande salle est déserte, si on ne compte pas Ella,

Pierce et Hendrix qui sont en train de faire, si je ne me trompe pas, une partie d'échecs. Je les laisse tranquilles parce qu'il ne faut surtout pas déranger le petit génie lorsqu'il est en pleine concentration et me dirige vers la cuisine. À mon grand étonnement, j'y retrouve ma frangine qui est en train de se servir dans le frigo et au vu de ses yeux complètement explosés lorsqu'elle tourne son visage vers moi, elle ne doit pas être très clean.

— Tu as enfin décidé de rentrer ou tu viens juste faire la pique-assiette ?

— Harper…

Je la coupe en levant ma main, je ne veux pas de ses excuses à deux balles alors qu'elle est complètement stone. C'est ma petite sœur et je l'aime, mais la voir se détruire est au-dessus de mes forces.

— Tu sais qu'on t'a cherchée partout, pas vrai ? Maman était folle d'inquiétude, Harley !

— Je-je suis désolée.

— Tu viendras t'excuser lorsque tu arrêteras tes conneries, sœurette. Tu es ma petite sœur et je t'aime de tout mon cœur, mais j'en peux plus de tes conneries. Je ne sais pas ce qui a déclenché ça, mais il va vite falloir que tu trouves un moyen de l'arrêter, si tu ne veux pas terminer dans un caniveau, une aiguille plantée dans le bras.

Je suis dur, je le sais, mais c'est pour qu'elle comprenne qu'elle merde sévèrement. Je n'ai aucune envie qu'un jour, on appelle pour nous dire qu'on a retrouvé son corps. Ça toucherait beaucoup trop de monde et ça détruirait mes parents.

— Tu savais que papa avait rendu son patch ? repris-je, mine de rien. Je me doute que non puisque tout ce qui t'importe, c'est ton petit nombril et ta prochaine dose.

Ses joues sont baignées de larmes et j'ai tellement envie de la prendre dans mes bras pour les essuyer, mais je me retiens.

— Quand tu auras décidé que tu as besoin d'aide, Harley, tu sauras où me trouver. Mais je pense que tu dois des explications à beaucoup de monde, y compris Calliope et les parents.

Sur ce, je la laisse en plan et quitte la cuisine pour rejoindre ma chambre. Joker est sans doute resté dans la grande salle avec les gosses. Dans le couloir, je croise plusieurs brebis, dont Melody qui me lance avec un regard meurtrier et dont je me contrefous. Je m'enferme dans ma piaule, parce qu'elle serait capable de m'y rejoindre et me dirige vers la salle de bain.

Je maudis la personne qui toque à la porte lorsque je m'apprête à entrer dans la douche. J'enroule une serviette autour de ma taille et déverrouille la porte. Je hausse un sourcil lorsque je vois Romance, l'un des prospects qui ne peut pas être plus à l'opposé de son surnom.

— Quoi ?

— Floyd a appelé, c'est pour ce soir.

Chioné

CHAPITRE 31

Mays me cache quelque chose. J'en suis d'autant plus certaine qu'elle semble constamment sur la défensive. Elle est toujours en train de regarder derrière elle, dans les rares cas où nous quittons sa chambre d'hôtel et elle a tout le temps le nez collé à son ordinateur. J'ignore ce qu'il se passe et je ne compte pas la forcer à me parler, même si j'aurais aimé qu'elle le fasse.

— Tu es sûre que tu vas bien ? tenté-je une nouvelle fois, tandis qu'elle a les yeux rivés sur l'écran et que cela fait cinq minutes qu'elle n'a pas cligné des paupières.

— Ça va, Charley.

— Tu me dirais s'il y avait quelque chose qui n'allait pas, pas vrai ?

Son regard qui m'évite et sa réponse qui tarde à venir m'indiquent que ce ne serait pas le cas. J'essaie de ne pas montrer que je suis blessée, mais c'est difficile. Moi qui pensais qu'on se disait tout, je me rends compte qu'elle cache peut-être plus de choses qu'il n'y paraît.

— Bon, je crois que je vais y aller…

— Charley…

— Quoi, Mays ?

— Je suis désolée. Tu es ma meilleure amie et tu mériterais de savoir, si cela ne te mettait pas également en danger.

— Mays, je peux comprendre que tu puisses avoir des secrets, mais je pensais que…

— Je suis désolée, Char…

Je hoche la tête, essayant d'endiguer mes larmes puis quitte la chambre. Lennox, l'un des prospects, m'attend sur le parking de l'hôtel et relève son visage vers moi quand j'approche de lui.

— Je tuerais pour un milk shake au chocolat, ça te dit de m'accompagner ?

— Euh, ouais, OK. De toute façon, ce n'est pas comme si j'avais le choix. Harper m'a promis de me broyer les couilles si je te laissais seule.

— Alors, on va tout faire pour que tu gardes tes couilles intactes.

Il rigole, avant de se placer derrière le volant. D'après ce que j'ai compris, il a bousillé sa bécane il y a quelques mois et depuis il est cycliste. J'avoue que c'est assez marrant de le voir arriver à vélo le matin et de ranger sa bicyclette à côté de toutes les motos. Durant le trajet, il me raconte quelques anecdotes sur Harper et je suis obligée de me tenir le ventre, tellement j'ai mal à force de rigoler.

— Il a vraiment fait ça ? demandé-je, hilare.

— Ouais, il était tout bleu. Un peu comme les personnages d'Avatar.

— Mais pourquoi il a fait ça ?

— Il a perdu un pari contre Xander.

— J'ai quand même du mal à imaginer Harper se pointer à l'anniversaire d'Harley en mode Na'vi.

— Eh bien, si. Elle était furax qu'il gâche son anniversaire de princesse, mais nous, on était mort de rire.

— J'espère que vous avez pris des photos.

— Tu rigoles, on n'allait pas louper ça. Grey a même pris une vidéo.

J'explose une nouvelle fois en imaginant mon biker couvert de peinture bleue. Je commence tout juste à me calmer lorsque Lennox se gare sur le parking du dinner. Je me souviens qu'on venait souvent ici avec Harper lorsque nous étions ados. En entrant, je reconnais Joannis, une dame qui doit avoir la soixantaine maintenant. Le dinner lui appartient depuis près de trente ans et chaque fois qu'on venait, nous avions toujours un milk shake gratuit.

— Nom d'une banane pas mûre, mais ce ne serait pas Charlesia Prescott ?! intervient Joannis avec un grand sourire.

Elle quitte l'arrière du comptoir pour venir me prendre dans ses bras. Je la serre contre moi, heureuse de voir qu'elle n’a pas changé au cours des dix dernières années.

— Que c’est bon de te voir, ma petite ! Tu n’as pas changé, tu es toujours aussi jolie.

— Merci, Joannis.

— Ne me dis pas que tu fais comme ses greluches à la mode et que tu tapes dans les petits jeunes toi aussi, ajoute-t-elle en regardant Nox d’un drôle d’air.

— Non, Joannis, je ne me suis pas transformée en cougar. Lennox est le cousin d’Harper, il a gentiment accepté de m’accompagner pour boire un de tes fameux milk shakes.

Le sourire de Joannis s’étire jusqu’à ses yeux, lorsque je mentionne le nom de mon homme. Elle l’a toujours adoré et c’était réciproque.

— Dans ce cas, installez-vous dans le coin, j’arrive tout de suite.

Jo retourne derrière son comptoir tandis que nous nous dirigeons vers la table. Il s’installe de façon à être face à la porte d’entrée et retire sa casquette avant de la poser près de lui.

— Je peux te poser une question ? demandé-je en le regardant dans les yeux.

— Tu viens de le faire.

Je penche ma tête et le regarde en mode « tu te fous de ma gueule ? », ce qui le fait bien évidemment rire. Il finit par se calmer quand Jo arrive avec la carte. Comme elle me connaît bien, elle donne la carte à Lennox et marque un milk shake au chocolat sur son carnet. Mon compagnon en prend un à la banane.

— Alors, cette question ?

— Ah, euh, oui. Qu'est-ce qui t'a donné envie d'entrer dans le club ?

Il gratte le haut de son crâne en réfléchissant.

— C'est la seule chose que je connaisse, le club est toute ma vie. Quand je vois les autres à l'école, je me dis que peu importe ce qui m'arrivera, je ferai quelque chose qui me plaira. J'adore avoir les mains plongées dans le cambouis et faire de la mécanique avec Harper et Creed. Ce sont des super profs, ils m'ont tout appris.

Le biker se tait quand Jo revient avec nos boissons. Il passe l'heure suivante à m'expliquer pourquoi il veut faire partie du club. Il a beau n'avoir que dix-sept ans, il est très mûr pour son âge et je l'admire pour ça. Il ne veut pas seulement entrer dans le club parce que son père y est, ou parce qu'il le doit. Il veut faire partie de la famille des Nyx's Sinners parce qu'il adore ce monde et tout ce qui l'entoure.

Quand vient l'heure pour nous de rentrer au MC, Joannis me prend une dernière fois dans ses bras, avant de glisser innocemment un « j'espère ne pas te revoir que dans dix ans ». Je lui promets que je reviendrai rapidement et nous reprenons notre chemin. Lennox conduit prudemment, mais quelque chose lui fait froncer les sourcils quand il se gare sur le parking.

— Qu'est-ce qu'il y a ? demandé-je en sortant de la voiture.

— Je ne sais pas encore, mais on ne va pas tarder à le découvrir.

Nous entrons dans le club-house et il se met directement à la recherche des autres membres, mais il n'y a personne. Nox attrape ma main et sort son arme quand un bruit résonne dans la cuisine.

— Tu restes bien derrière moi, compris ?

Je hoche la tête et me place dans son dos, comme il me l'a ordonné. Il avance prudemment jusqu'à la cuisine, son arme prête en cas de soucis. Mes mains tremblent à cause de l'anxiété qui inonde mon corps. Quand il ouvre la porte, il jure en voyant les autres prospects installés sur les tabourets.

— Bordel, mais qu'est-ce que vous foutez ?! gronde Lennox en rangeant son arme.

— On essaie de faire une partie de Dames, mais aucun de nous ne connaît les règles, répond Jop.

— Et ils sont où les autres ?

— Hunger et Floyd ont appelé, annonce Romance en me jetant un regard. Et il semblerait que ton père soit avec Van der Grof.

CHAPITRE 32

Tout est prêt. Les armes, les membres, tout. Chacun sait ce qu'il a à faire et grâce aux indications de nos frères, on sait à peu près comment est faite la baraque. Xander reste en retrait, grâce à son habileté au tir, il va pouvoir se placer en hauteur et nous couvrir avec son fusil à lunette. Nous sommes divisés en deux groupes, l'un guidé par Hunger et l'autre par Floyd. D'après eux, il y a une vingtaine de gardes à l'extérieur ainsi qu'une bonne dizaine à l'intérieur. Deux contre un… c'est jouable.

Le but n'est pas de liquider Van der Grof dans l'immédiat, mais le chopper, de même pour le père de Charley. Nous nous dirigeons vers l'arrière de la propriété, d'après les deux zigotos, les gardes passent rarement par ici, ce qui nous laisse une ouverture pour nous introduire dans cette putain de baraque. Après avoir passé le petit portail sans problème, nous nous dirigeons vers la grande maison et c'est à ce moment-là que nous nous séparons. Arcas, Clark, Cam, Jagger, Creed et Rob prennent le rez-de-chaussée tandis que nous montons au premier étage.

La relève des gardes a eu lieu il y a dix minutes et pourtant, les dix hommes que Floyd et Hunger avaient mentionnés semblent s'être évaporés. Il n'y a personne au premier étage. Nous fouillons les chambres, le bureau et autres pièces à l'allure douteuse, mais rien. Ax sort son téléphone lorsque ce dernier vibre, sans doute un message du VP. Après avoir lu le texto, le Prez nous fait signe de descendre. Nous le suivons jusqu'au rez-de-chaussée et trouvons enfin les « gardes » qui étaient censés protéger cette baraque et ses occupants. Ils sont tous ligotés sur le sol, à plat ventre.

— Eh beh, dis donc, ça ne chôme pas ici, ricane le président en tapotant l'épaule de Hunger. Garde-moi ses bouffons au frais, tu veux ?

Il hoche la tête et accompagné de Cam, Jagger, Cécrops, Creed et Rob, ils les traînent en direction de la cuisine. Je m'avance vers le salon dont la porte est fermée. Je l'ouvre et quelle n'est pas ma surprise, lorsque je découvre les autres enfoirés installés dans des fauteuils. Ces enculés sont en train de mater vicieusement une fille qui semble avoir l'âge de Madleen, la fille de Creed. Ces deux pervers ne nous ont pas entendus arriver et je ne peux me retenir d'applaudir pour attirer leurs attentions. Ils se retournent comme un seul homme et leurs visages deviennent livides en nous voyant.

— Je comprends mieux maintenant pourquoi tu as posé tes sales pas de pédophile sur Charley, déclaré-je en entrant un peu plus dans la pièce. Ce sont les petits culs de vierges qui t'intéressent?

Van der Grof ouvre la bouche, mais aucun son n'en sort, tandis que Prescott regarde son « ami » avec de grands yeux. Oups, je crois que j'ai lâché une info qui lui était inconnue.

— Oh ! Vous n'étiez pas au courant ? Il a essayé de coincer votre fille dans un coin lors de votre stupide soirée de remise de diplôme, il y a dix ans. Il lui a même dit clairement ce qu'il comptait lui faire. Mais bon, vous avez tenté de la tuer, donc vous n'êtes pas si différents. Et vu la bosse dans votre pantalon, vous n'étiez pas loin de faire dans votre froc.

Mes frères ricanent en voyant les regards que se lancent les deux hommes. Ils tentent de se lever, mais Hunger et Floyd les en empêchent en les maintenant fermement contre leurs sièges. Le Prez s'approche d'eux, avant de demander à Grey de faire sortir la jeune femme.

— Alors comme ça, on prend du bon temps en matant des gonzesses qui pourraient être vos petites filles ? demande-t-il furieusement.

— Je… commence le père de ma nana avant d'être interrompu.

— La ferme, sale fils de pute ! Vous ne valez pas mieux que lui, alors ne commencez pas avec vos paroles à la con. De toute façon, je m'en tape de ce que vous alliez dire. Ce que je veux savoir, c'est pourquoi, monsieur nouille molle, ici présent, à essayer de faire descendre deux de mes hommes. Être en contact avec des talibans me semble être de la trahison, hein, les gars ?

Sa question est purement rhétorique, mais ça ne nous empêche pas de répondre par l'affirmative. Il sort le canif qu'il garde sur lui et pose la pointe bien aiguisée sur la jugulaire du traître. Un léger filet de sang s'écoule sur sa peau et la pression de la lame se fait plus forte.

— Vous branlez devant des gosses qui n'ont pas quinze piges est également un crime. Pour un homme politique, je vous croyais au courant de tout ça. À croire que, plus ils sont proches du pouvoir, plus ils se croient tout permis. Et après on vient nous faire chier parce que l'on mène nos business dans notre coin sans faire chier personne ! C'est du grand foutage de gueule. Donc, pour vous remettre les idées à la bonne place, mes hommes vont vous donner une leçon.

Ax se relève et fait signe à Arcas de prendre la place d'Hunger. Le biker s'exécute puis retient le pédophile avec un sourire mauvais aux lèvres. Rule s'approche de Hunger et lui tend un sac en toile noire rempli d'armes. Il relève un sourcil, mais l'accepte. Il fouille dedans et sourit lorsqu'il y trouve son bonheur. Quand les deux loustics prennent conscience de la serpette qu'il a dans les mains, ils deviennent encore plus livides. Je crois même que Van der Grof se pisse dessus, si on en croit la tâche qui s'élargit au niveau de son entrejambe. À moins qu'il soit incontinent, ce qui peut être probable dans le cas présent.

— Vous n'avez pas le droit de nous tuer, tente Prescott une fois qu'il a retrouvé sa voix.

— Tout comme vous aviez le droit de tabasser votre fille à mort ? demandé-je avec véhémence. Ou de mater une fillette de quatorze piges ? Moi, je crois que vous méritez une bonne leçon. Peut-être qu'on va vous infliger ce que vous avez fait à Charley ?

Ma réponse ne lui plaît visiblement pas, puisqu'il se rebiffe et tente de s'écarter de la prise de Floyd, mais c'est sans compter sur la force de ce dernier qui le retient facilement.

— Vous n'êtes qu'une de bande vermines ! lâche Prescott en essayant de se débattre. Vous me le paierez !

— Ouais, ouais, ouais. On connaît la chanson, connard ! Mais pour le moment, c'est toi qui vas passer à table.

CHAPITRE 33

Le père de Charley déglutit. Il doit voir dans mon regard que je suis absolument sérieux et qu'il va y passer. Je m'avance et fais signe à Floyd de le lâcher. Mon frère s'exécute et recule d'un pas lorsque j'attrape le bras de l'autre salopard. Lui et moi quittons la pièce où se trouvait leur show privé pour se diriger vers une autre. Malheureusement pour lui, il s'agit de la salle de bain.

— Qu'est-ce que vous allez me faire ? demande-t-il lorsque je le projette sans douceur contre le mur.

— Je n'ai pas encore décidé, dans tous les cas, vous pourrez remercier votre fille. Elle refuse que je vous bute, ce qui, pour ma part, est bien dommage.

Les traits de ce trou du cul prennent un air étonné quand

je la mentionne.

— Ne soyez pas surpris, votre fille, contrairement à vous, est une bonne personne. Malgré ce que vous lui avez fait subir, elle refuse de vous voir dans un cercueil alors que si ça ne tenait qu'à moi, vous auriez une balle dans le crâne depuis longtemps. Mais, comme je n'ai pas le droit de vous tuer, rien ne m'interdit de vous donner une bonne leçon.

Son visage perd le peu de couleurs qui lui restait. Il s'appuie contre le mur comme s'il souhaitait ne plus faire qu'un avec lui tandis que je range mon arme, puis me dirige vers la baignoire pour ouvrir le robinet.

— Qu'est-ce que vous faites ?

— J'ai une subite envie de faire un plongeon, réponds-je d'un air énigmatique.

Bien évidemment, il ne comprend pas mon sous-entendu, et tant mieux pour lui. S'il savait ce qui l'attend, je crois qu'il serait déjà en train d'essayer de se barrer. Une fois que l'eau est à la bonne hauteur, je me tourne vers Prescott, un petit sourire aux lèvres.

— Enlevez votre chemise, ordonné-je.

— Qu-quoi ?

— Vous ne parlez pas l'anglais ? Pourtant ce n'est pas très compliqué ce que je viens de dire. Enlevez votre chemise, répété-je avec un peu moins de gentillesse.

Il s'exécute, les mains tremblantes. Une fois qu'il a déposé son vêtement sur le lavabo, je m'approche de lui si rapidement, qu'il manque de tomber en reculant. J'attrape l'arrière de son crâne et le dirige vers la baignoire. En moins de trente secondes, il a la tête dans la flotte et tente de se débattre pour avoir de l'air. Je l'entends crier et ça me fait marrer. Ce connard vivra peut-être encore ce soir, mais il sera dans un sale état quand il sortira d'ici. Lorsque ses mouvements se font moins vigoureux, je relève son visage pour qu'il puisse reprendre sa respiration.

Prescott tombe sur le sol en toussant et tente de reculer pour m'échapper, mais c'est mal me connaître. Je le laisse essayer d'ouvrir la porte, que j'ai pris soin de fermer à clé après notre arrivée. Il hurle, convaincu que quelqu'un lui viendra en aide. Hunger et Ax doivent se faire plaisir avec Van der Grof et je doute qu'il en reste grand-chose quand nous reviendrons.

— Allez, il est temps d'y retourner, dis-je en me décollant du lavabo pour me rapprocher de lui.

Il se débat, mais ma prise est plus forte. Grâce à l'armée, j'ai appris comment faire plier un homme avec peu de moyens, le corps étant notre principal ennemi. Il suffit d'un point de pression au bon endroit et vous l'envoyez faire un somme, ou vous lui ôtez la vie.

Je le ramène près de la baignoire sans trop de difficulté et l'envoie de nouveau faire un peu d'apnée. Il essaie de me griffer, mais dans la position où je me trouve, il est incapable de me toucher. Une bonne partie de ses ongles volent quand il se met à gratter l'émail de la baignoire. L'eau prend une légère teinte rouge, ce qui me plaît beaucoup. Prescott ne bouge presque plus, trop d'eau ayant infiltré ses poumons.

Je relâche ma prise sur sa nuque et le connard s'effondre au sol. Je marche jusqu'à la porte lorsque l'on y toque et l'ouvre pour y découvrir Cam, dans l'embrasure. Le biker jette un coup d'œil dans la salle de bain et hausse un sourcil quand il voit le corps de Prescott.

— Tu l'as buté ? demande-t-il en reposant son regard sur moi.

— Bien que ce ne soit pas l'envie qui m'en manque, non, il n'est pas mort, juste dans les vapes. Charley m'a demandé de ne pas le buter.

L'homme que je considère comme mon oncle sourit et s'appuie contre le chambranle.

— Tu t'es fait passer une corde à la queue, fiston.

— On dit la corde au cou.

— Pas dans notre milieu. Chez nous, c'est directement à la queue.

J'éclate de rire avant de me tourner vers Prescott lorsqu'il commence à tousser. Il se penche sur le côté pour évacuer l'eau dans ses poumons, avant de cracher comme un fumeur après trois paquets de clopes.

— Tu sais ce que tu vas faire de lui ? demande le biker.

— J'ai ma petite idée, mais d'abord, il va me falloir des bras pour le porter.

Le regard du tail gunner s'illumine comme celui d'un enfant le matin de Noël. Il semble comprendre ce que j'ai en tête et m'aide à sortir le père de Charley de la salle de bain pour nous diriger vers l'extérieur.

— Dommage qu'on n'ait pas ramené de prospect, il aurait pu faire le trou, ricane Cam alors que nous commençons à creuser.

— Putain, ouais !

Leonard est encore dans les vapes. Enfin, disons qu'on l'y a ramené après un bon coup de poing quand il s'est réveillé.

Les cris provenant de l'intérieur de la maison font marrer Cam et on parie sur quelle partie du corps de Van der Grof, nos frères sont en train de s'amuser.

— À mon avis, ça, c'était un orteil, devine-t-il après un énième cri.

— Ou un doigt.

— Ouais, aussi.

Après une bonne demi-heure, le trou est enfin prêt et Cam m'aide à y placer le vieux de ma nana. Ce dernier se réveille quand nous commençons à le recouvrir, laissant seulement sa tête dépasser.

— Vous n'allez pas quand même pas me laisser moisir ici ?

— Oh non, ne t'en fais pas, ricane mon oncle en allumant une clope. On a juste eu envie de faire une putain de course.

L'incompréhension marque les traits de Prescott, ce qui nous fait bien marrer. S'il ne s'était pas pissé dessus avant ça, je doute qu'après ce qui va arriver, son pantalon à pince soit encore intact. Une fois certains qu'il ne bougera pas, nous nous dirigeons vers nos bécanes. Nous nous plaçons à une centaine de mètres environ, de la tête de Leonard tout en faisant rugir nos moteurs.

— Prêt ? demande Cam en enfilant son casque.

— Prêt, réponds-je en baissant ma visière.

Le tail gunner fait le décompte à l'aide de ses doigts. Une fois le dernier baissé, nous nous élançons à pleine balle en direction de Prescott qui hurle à s'en péter la voix. Du moins, j'imagine que c'est le cas. Avec le ronronnement de mon bébé, impossible d'en être sûr, plus nous nous approchons de lui, plus sa tête remue dans tous les sens. Les roues de ma bécane ne passent pas loin de son oreille gauche et je ris lorsque je fais demi-tour pour venir m'arrêter près de lui.

Je stoppe ma Triumph, puis m'approche de l'autre bouffon, le sourire aux lèvres. Son visage passe du blanc, sûrement dû à la peur qu'il vient de vivre, au rouge à cause de la colère qui monte en lui. Je suis certain que, si on le déterrait maintenant, son pantalon serait taché.

— Alors ? demandé-je. Qui a gagné ?

— Bande de...

— Tut, tut, tut, attention à ce que vous allez dire, monsieur Prescott, dis-je en secouant mon doigt devant son visage.

— Je vais vous...

— Vous n'allez rien faire du tout, annoncé-je d'un ton brut. Vous allez juste faire vos bagages et quitter Salt Lake City ainsi que l'État. Si vous et les bouffons, qui vous servent de familles, remettez les pieds dans le coin, on le saura et je serais beaucoup moins aimable qu'aujourd'hui. Vous oubliez Charley. Si vous essayez de la contacter d'une quelconque manière, je le saurai également, c'est pigé ?

Leonard hoche la tête vigoureusement. Je pose mes mains sur mes cuisses avant de me relever et de rejoindre Cam qui est sur la terrasse.

— Vous ne comptez pas me libérer ? gueule-t-il quand il se rend compte que je ne fais rien pour le déterrer.

— Un prospect passera demain matin, lui réponds-je. Il vous accompagnera chez vous, vous ferrez vos valises ainsi que celles de votre femme, puis il vous escortera hors de l'État. Passez une bonne nuit !

Sans rien ajouter d'autre, je tourne les talons et suis mes frères à l'intérieur de la maison bien silencieuse. Soit Van der Grof est dans les vapes, soit il est mort. Personnellement, si c'est la deuxième option, je ne serais pas mécontent.

Chioné

CHAPITRE 34

Je fais les cent pas dans la chambre d'Harper tout en mordillant mon pouce. Je suis tellement inquiète pour lui, qu'il m'est impossible de me poser. Les prospects ont bien essayé de me changer les idées, mais après leur avoir expliqué au moins deux fois les règles des Dames, j'ai abandonné. Ils sont complètement stones et il est impossible de leur faire intégrer quoi que ce soit.

Mes pas se stoppent lorsqu'un bruit de moteurs résonne dans la cour. Sans attendre une seconde de plus, je quitte la pièce et cours jusqu'à l'avant du club-house. Une bonne dizaine de motos se rangent en file indienne ainsi qu'une camionnette qui se dirige vers le hangar. J'ignore ce qu'elle contient, ou plutôt, qui elle contient, et cherche mon biker du regard. Quand je finis par le trouver, je m'élance vers lui alors qu'il retire son casque. Il semble m'entendre arriver puisqu'il le lâche et ouvre les bras pour m'accueillir. L'impact de nos corps le fait reculer de quelques pas, mais il parvient à ne pas tomber.

Je plonge mon visage dans son cou et hume son odeur qui m'avait manqué en seulement quelques heures. Harper, quant à lui, pose une main en bas de mon dos et l'autre au niveau de ma nuque. Je le sens déposer un baiser sur ma tempe tout en ne desserrant pas sa prise sur mon corps.

— Tout va bien, petit flocon, chuchote-t-il à mon oreille.

Je soupire de soulagement et me force à m'écarter légèrement pour pouvoir voir ses yeux.

— Ne fais plus jamais ça, H. J'étais morte d'inquiétude.

— Je suis désolé, ma belle, s'excuse-t-il en posant son front contre le mien. Il fallait qu'on agisse tout de suite.

— C'est fini ? demandé-je même si je ne suis pas certaine de vouloir connaître la réponse.

— Il reste encore quelques trucs à régler, mais j'ai tenu ma promesse, Charley.

Nouveau soupir. Il n'a pas taché ses mains avec le sang de mon père. Bien qu'il ait fait des choses horribles, Leonard Prescott ne méritait pas de mourir de sa main.

— Il faut juste qu'un des prospects aille le sortir avant le lever du soleil, ajoute-t-il avec une certaine ironie.

— Le sortir ?

— Crois-moi, tu ne veux pas savoir.

Je hoche la tête, acceptant son silence.

— Et pour Van der Grof ? questionné-je doucement.

— Il fait partie des choses qu'il reste à régler.

— Vous allez le tuer ?

Harper plonge son regard dans le mien et je comprends à celui-ci qu'il ne m'en dira pas plus. Ce sont les affaires du club, et intérieurement, je suis heureuse de ne pas savoir. Je crois que je ne pourrais pas vivre en sachant ce qui va arriver dans ce hangar.

Mon biker me repose au sol lorsque son père s'avance vers nous. Je n'ai vu Rule qu'une poignée de fois, mais il m'a toujours donné l'impression d'un homme inébranlable. Celui qui, peu importe les épreuves, reste debout et se bat pour sa famille. Le sergent d'armes des Sinners pose une main sur l'épaule de son fils et lui adresse un signe de tête de fierté. Par contre, quand il tourne son regard vers moi, il n'a pas besoin d'ouvrir la bouche pour que je comprenne ce qu'il essaie de me dire.

Ne merde pas une nouvelle fois. Sinon, je te fais la peau.

Un frisson remonte le long de mon dos et je me blottis un peu plus contre son fils pour lui signifier que je ne compte pas partir. Harper est de nouveau dans ma vie, Van der Grof est hors d'état de nuire, ou il le sera bientôt. Je n'ai plus de raisons de fuir à nouveau.

Mon regard rencontre celui de mon homme et ce que je lis dans ses yeux fait battre un peu plus les papillons dans mon estomac. Il dépose un baiser sur le haut de mon front, avant de glisser un bras sur mes épaules et de nous diriger vers l'intérieur du club. Il arrête Jop pour lui indiquer où trouver mon père, ainsi que d'autres indications que je n'entends pas. La plupart des membres partent rejoindre leurs moitiés, tandis que d'autres se retrouvent au bar.

Le bras de mon homme ne quitte pas mes épaules, tandis qu'il marche en direction de sa chambre. Il ouvre la porte et la referme doucement avant de s'y adosser. Je sens ses yeux sur mon dos alors que je m'approche du lit. Je retire le sweat que je lui avais emprunté, puis me tourne vers lui.

— Qu'est-ce que tu fais ? l'interrogé-je en le regardant, adossé à la porte.

— Je t'observe.

— Et qu'est-ce que tu vois ?

— Une femme qui me fait méchamment bander depuis l'âge de quinze piges.

Ses mots terminent de me confirmer ce que je sais depuis longtemps. Je suis totalement et irrémédiablement amoureuse de lui.

— Et seulement ça ?

— Tu pars à la pêche aux compliments, petit flocon ?

— Non.

— Alors qu'est-ce que tu cherches ?

Je fais les quelques pas qui nous séparent et passe mon doigt sur son torse uniquement couvert d'un tee-shirt blanc et de son cuir.

— Je ne veux plus fuir, Harper. J'ai mis sous scellé ce que je ressentais pour toi, pendant dix ans. J'ai tout essayé pour les faire disparaître, mais rien n'a jamais fonctionné.

— Faire disparaître quoi, au juste, C ?

— Les sentiments que j'ai pour toi, Harper. Je suis amoureuse de toi depuis que j'ai quinze ans et ce n'est pas près de s'arrêter.

Il attrape l'arrière de ma tête et colle ses lèvres contre les miennes. Son corps se moule parfaitement au mien, alors qu'il me serre contre son torse. Notre baiser est l'un des meilleurs que j'ai jamais eus et, quand nous nous séparons, nous sommes à bout de souffle. L'homme qui fait battre mon cœur à dix mille caresse ma joue avant de poser mon front contre le sien.

— Putain ! Si tu savais comme je t'aime !

Harper replonge sur mes lèvres, tenant mon visage en coupe. Il me fait reculer jusqu'au lit, avant de s'écarter de ma bouche. Il me regarde un instant, comme s'il gravait chaque parcelle de mon corps dans son esprit.

— Je ne compte pas repartir à Providence, Harper, murmuré-je. Je veux rester ici, près de toi.

Son pouce passe sur ma pommette, la caressant d'une douceur infinie. Malgré mes paroles, je vois une légère lueur de peur dans son regard. Il craint que mes mots ne soient vains et que je ne parte dès la première occasion. Comme lui quelques minutes auparavant, je place mes mains sur ses joues et plonge mon regard dans le sien.

— Je ne partirai pas, Harper. Pas si tu ne me le demandes pas.

— Reste, Charley. Je ne pourrai pas supporter que tu me tournes le dos une seconde fois.

— Je ne le ferai pas, Harper.

— Alors, épouse-moi.

CHAPITRE 35

Mon flocon est endormi dans mes bras et il n'y a pas meilleure sensation au monde, excepté être en elle ou rouler à vive allure sur ma bécane. Après ma déclaration, je ne lui ai pas laissé le temps de répondre, trop effrayé que la réponse soit non. Alors, je lui ai fait l'amour comme je ne l'ai jamais fait avec aucune autre fille. Je lui ai dit avec mon corps tout ce que j'ai du mal à dire avec ma voix.

Je n'ai pas fermé l'œil de la nuit. Plus par peur qu'elle quitte mon lit sans un mot que par manque de sommeil. Le soleil est levé depuis un moment et grâce au message de Jop, je sais que les parents de Charley ont quitté l'État. D'ailleurs, en parlant d'elle, son nez et ses sourcils se plissent sans doute à cause d'un mauvais rêve. Je passe la main sur sa joue et elle se détend avant de venir blottir son visage dans mon cou.

— La réponse est oui.

Je me tends en entendant sa voix encore ensommeillée. Je pense avoir rêvé, mais Charley me prouve le contraire lorsqu'elle dépose un baiser sur ma mâchoire avant de relever son visage vers moi. Ses yeux encore embrumés par le sommeil, ainsi que la trace de l'oreiller sur sa joue, me font déjà un effet de dingue en général. Alors si on ajoute sa réponse à ma proposition d'hier, ma queue est déjà au garde-à-vous. Je la fais basculer sur le dos, me calant parfaitement entre ses jambes. Un petit sourire est dessiné sur le coin de ses lèvres.

— Tu es sérieuse ?

— Autant que tu l'as été quand tu as posé la question. Bien qu'il me semble que ça ressemblait plus à un ordre.

Elle caresse ma joue, avant de placer son autre main sur mon torse, pile à l'emplacement de mon cœur.

— Tu es mon premier amour, Harper. Pendant près de dix ans, j'ai refusé qu'un homme me touche parce qu'il n'était pas toi. Je t'aime de tout mon cœur et si ta question, ou plutôt ton ordre était sincère, je serais ravie de devenir ta femme.

— Mon monde ne te fait pas trop peur.

— Non, pas tant que tu es là, avec moi.

Bordel, est-ce que j'ai déjà dit que cette femme était parfaite ?

Mes lèvres rejoignent les siennes dans un baiser fiévreux, qui me fait bander un peu plus. Je profite que nous sommes nus pour m'insérer en elle. Charley s'accroche à ma nuque et se cambre quand je la pénètre d'un coup de reins. Nos respirations deviennent plus haletantes au fur et à mesure que mes hanches se balancent. Elle gémit lorsque mon gland touche son point G et tire légèrement sur mes cheveux. Son autre main passe sur mon biceps, sur le tatouage au sens caché que je me suis fait faire peu après son départ. Déjà à cette époque, je savais qu'aucune autre fille ne compterait autant qu'elle pour moi. Je l'avais dans la peau au sens propre comme au figuré, et même si je l'ai détestée d'être partie sans une véritable explication, je ne l'ai jamais regretté.

Je quitte ses lèvres pour déplacer les miennes le long de son cou jusqu'à la naissance de sa poitrine. Elle lâche un petit cri, qui m'excite d'autant plus, lorsque je mordille l'arrondi de son sein. Sa peau immaculée contre la mienne remplie d'encre détonne, mais donne un mélange parfait. Après avoir chouchouté sa pointe durcie comme elle le mérite, je passe à sa jumelle et répète les mêmes gestes. Mon prénom s'échappe de sa bouche comme une litanie et lorsque la mienne quitte sa poitrine pour remonter vers son visage, je constate que ses yeux sont embués de plaisir. Et vu la façon dont elle se contracte autour de moi, je ne doute pas que son orgasme soit proche.

— Tu as toujours été la seule, Charley, murmuré-je contre son oreille, tout en continuant de me mouvoir en elle.

Mon petit glaçon explose en un million de petits brasiers. Sa chatte se contracte tellement autour de ma queue que cela me fait basculer. J'ignore où elle trouve la force après cet instant, mais elle remonte ses jambes au niveau de mes hanches pour venir croiser ses pieds et me tenir contre elle. Ce n'est qu'à ce moment-là que je remarque qu'on a zappé la capote.

Tu m'étonnes que cette partie de jambe en l'air ait été géniale, tu es monté à cru, gros crétin.

Charley ressent immédiatement que quelque chose cloche.

— Qu'est-ce qu'il se passe ? demande-t-elle en déposant un baiser sur ma mâchoire.

— On a oublié la capote.

À mon grand étonnement, elle ne me crie pas dessus en me traitant d'irresponsable. Elle resserre sa prise autour de mon cou et rapproche son visage du mien.

— Je n'ai couché avec personne, à part toi, pendant dix ans.

— Je… j'ai toujours mis une capote. Sauf avec toi visiblement. Tu as le don de me faire perdre l'esprit.

— Je prends ça pour un compliment.

— Tu peux, dis-je en plantant un baiser sur ses lèvres déjà bien gonflées.

Charley s'esclaffe et Xander se foutrait sans doute de ma gueule, si je lui disais que c'est le plus beau son que j'ai jamais entendu, mais je m'en fous. J'assume avoir ce petit bout de femme dans la peau et le risque qu'elle tombe enceinte. L'imaginer avec un petit ventre arrondi rallume le désir que je ressens pour elle et je bouge doucement mes hanches.

— Encore ? dit-elle, étonnée. Tu es une vraie machine, ma parole !

— Tu sais à quoi je viens juste de penser ?

— Non, mais je sens que tu vas me le dire.

— Je t'imaginais portant un mini nous, juste là, avoué-je en posant ma main sur son ventre.

Ses iris dorés s'illuminent lorsque je prononce ses mots. Je crois que mon image lui plaît, alors je profite du reste de la journée pour faire en sorte qu'elle devienne réalité.

HARPER

Epilogue

Aussi discrètement que possible, je viens me placer derrière ma femme et enroule mes bras autour de sa taille. Un sourire se dessine sur son visage de poupée et elle se blottit contre mon torse. Il n'y a aucune chance pour qu'elle ne sente pas l'effet qu'elle me fait dans sa petite robe d'été. Nous sommes début octobre, et pourtant, les températures sont encore clémentes, ce qui nous a permis de faire un barbecue en l'honneur de Madleen qui fête ses quinze ans. Creed semble dans tous ses états, ce qui fait bien rire Mack quand elle le voit engueuler Romance qui s'est approché un peu trop près de sa fille. Charley rigole également en voyant la scène.

— Pourquoi vous l'appelez Romance ? demande-t-elle en référence au nom de route du prospect.

— Parce qu'il s'appelle Ronald Mance, soufflé-je contre son oreille. Et lors de sa première soirée ici, il était complètement bourré qu'il s'est mis à faire des déclarations d'amour à toutes les personnes qui passaient près de lui. C'était hilarant.

Charley rigole contre moi avant de se tourner pour me faire face. Elle noue ses bras autour de mon cou et se redresse sur la pointe des pieds.

— Je veux bien te croire. J'aime l'ambiance familiale qui règne ici.

— Tu fais partie de la famille, maintenant, flocon.

Son sourire s'agrandit pour cacher son regard qui devient triste. Je dépose un baiser sur sa joue et la serre un peu plus contre moi.

— Tu as une famille, Charley. Chaque personne ici présente ferait n'importe quoi pour te protéger.

— Parce que je suis avec toi.

— Parce que tu es ma régulière, oui. Chez nous, c'est le plus haut grade pour une femme.

Ses yeux s'inondent de larmes et elle planque son visage dans mon cou pour les cacher. Je frotte son dos tout en déposant des baisers sur sa tempe, son front et sa joue. Malheureusement, la bonne ambiance familiale disparaît rapidement lorsque des bruits de moteur résonnent près du portail. Ax fait signe à Nox d'ouvrir pour voir qui sont nos visiteurs surprises. L'ambiance s'alourdit considérablement lorsque nous reconnaissons les écussons présents sur les cuirs des bikers qui pénètrent sur notre territoire. Un crâne en décomposition ainsi qu'un tas de cendre. Voilà l'emblème des Skulls Ashes dont le chapitre mère est basé dans le Nevada.

Tout le monde se tend. Les membres savent que leur présence n'est pas due au hasard. S'ils sont là, c'est que les emmerdes ne sont pas loin...

À suivre...

Chioné

Bonus

1 an plus tard

Je l'attends à notre endroit. Celui que nous partageons depuis cette fameuse journée lorsque nous avions quinze ans. Celui qui a vu tous nos moments, tous nos hauts et tous nos bas. Notre endroit à nous.

J'ai encore un peu de mal à assimiler tout ce qu'il s'est passé durant les mois qui se sont écoulés, mais *il* est à mes côtés. Quoi qu'il arrive, je sais que tout ira bien.

D'ailleurs, rien qu'à cette pensée, mon sourire s'élargit. Si, il y a un an, on m'avait dit que je mènerais la vie que j'ai aujourd'hui, je ne l'aurais pas cru. Pour l'ancienne Charley, jamais elle n'aurait imaginé revenir dans l'Utah et encore bien moins dormir chaque nuit dans les bras de Harper.

J'aurais sans doute traité la personne de menteur avant de lui jeter mon café à la figure puis de prendre la tangente. Or, en ce jour de septembre, j'ai la vie dont j'ai toujours rêvé et plus encore.

Je ne remercierai jamais assez les Nyx's Sinners de m'avoir donné une seconde chance. À présent, ils sont ma famille et je serai prête à faire n'importe quoi pour chacun d'entre eux. Bon, je suis toujours sous la surveillance accrue de Rule, mais c'est de bonne guerre. Il aime son fils et il a peur que je merde ce qui est compréhensible par mes actes passés et je ne lui en veux pas. Au contraire, ça me permet de devenir meilleure chaque jour. La reine des Glaces a disparu et Chioné est née grâce à ce groupe de bikers.

D'ailleurs, en parlant de motard, le mien semble enfin me faire l'honneur de sa présence. Je me tourne à demi vers lui, la main en visière pour me protéger du soleil, même si ce n'est pas lui qui me fait fondre à cet instant précis. Vêtu d'un jean troué, d'un tee-shirt blanc à l'effigie des Sinners et de son cuir, mon homme est plus sexy que jamais.

— Ce que tu vois te plaît, petit glaçon ? demande-t-il en s'approchant, après avoir retiré ses lunettes de soleil.

— Absolument et je ne m'en lasse pas !

— Tant mieux, parce que tu es coincée avec moi pendant un sacré bout de temps, ajoute-t-il en entourant mes hanches de ses bras tatoués.

— Même pas peur.

Il sourit avant de déposer un baiser sur mes lèvres, ce qui termine de m'achever.

— Bon alors, qu'est-ce qu'on fait ici ? questionne-t-il en s'écartant. Pas que ça me dérange, hein, j'adore traîner ici avec toi, surtout si on est nu tous les deux, mais ton message avait l'air urgent.

— En effet, j'ai quelque chose à te dire.

Aussitôt, son visage se ferme et je comprends sans peine qu'il imagine déjà le pire. Ça me brise le cœur qu'il puisse penser qu'après tout ce que nous avons vécu, je referais la même erreur qu'il y a onze ans, mais je tente de ne pas le montrer.

— Qu'est-ce qui se passe ? reprend-il d'une voix plus ferme.

— Rien de ce que tu es en train d'imaginer, rassure-toi. Je ne pars pas, H. Plus jamais.

Ses épaules se relâchent imperceptiblement et son regard est rempli de soulagement. Je ne lui en veux pas d'être méfiant, mais ça me blesse plus que je ne l'aurais imaginé.

— J'ai une bonne nouvelle, décidé-je de dire pour changer de sujet. Tu sais que je n'étais pas très bien ces derniers temps, donc je…

— Tout va bien ? s'inquiète-t-il immédiatement en me détaillant de la tête au pied.

— Tout va bien, papa ours, j'espère que tu ne seras pas aussi stressé lorsque le haricot débarquera.

Instantanément, il stoppe tout mouvement et je sais précisément à quel moment l'information atteint son cerveau. Ses yeux s'agrandissent tellement que j'ai l'impression qu'ils vont sortir de leurs orbites, ce qui est assez drôle à voir. Enfin, son expression, pas l'image de ses yeux sortant de leurs orbites.

— Hari… Tu te fous de ma gueule ? parvient-il enfin à

dire, ce qui me laisse quelque peu perplexe.

— Euh, non.

La seconde qui suit, je suis soulevée dans les airs et une paire de lèvres percute brutalement les miennes. Mon souffle se coupe sous la surprise, mais je me détends dans l'instant qui suit lorsque ses mains se posent sur mes joues. Quand l'air vient à manquer, Harper s'écarte de quelques centimètres et colle son front contre le mien.

— Putain, Chioné, je...

— Tu es heureux ?

— Si je suis heureux ? Putain, petit glaçon, c'est la meilleure chose que j'ai jamais entendue. Enfin, sauf quand tu gémis mon prénom, évidemment.

— Évidemment, souris-je.

Même si la joie et le bonheur brillent dans son regard, je distingue une légère trace de tristesse et je sais immédiatement à quoi il pense.

— Elle reviendra, ne t'inquiète pas.

— Je n'en suis pas aussi sûr, ajoute-t-il. Elle me manque.

— Elle manque à tout le monde, mais elle a fait son choix. Tu dois la laisser faire ses propres expériences, comme tu l'as fait.

— Je me suis engagé dans l'armée, Charley, je n'ai pas disparu sans laisser de traces. Elle fait du mal à tout le monde, mais elle est trop égoïste pour s'en rendre compte.

— Harper...

— Non, parlons d'autre chose, je refuse que ce moment

soit gâché par la lâcheté de ma petite sœur.

Bien que ses mots soient durs, je sais qu'au fond de lui, il ne les pense pas vraiment. Harper adore sa sœur, et son départ soudain l'a beaucoup affecté, tout comme ses parents. Je sais que Rule et lui ont missionné Grey pour la rechercher, même si Presley leur a demandé de ne pas le faire. Je n'ose imaginer combien cela doit être difficile pour elle, mais elle a décidé d'avoir foi en sa fille et de lui laisser l'espace dont elle a besoin. En espérant juste qu'elle ne fera pas de conneries qui bouleverseraient le monde de la famille Palmer.

— Et si on rentrait ? déclaré-je en attrapant les pans de son cuir. Il me semble que tu as une annonce à faire.

— Oh putain, ouais !

Allons leur annoncer que la famille s'agrandit. Je n'ose imaginer la gueule de Rule quand il va comprendre qu'il va être grand-père.

Et moi donc...

Playlist

Battlefield ~ Lea Michele

I Wanna Dance With Somebody ~ Tyler Ward

Shake It Out ~ Florence & The Machine

Just So You Know ~ Jesse McCartney

Horns ~ Bryce Fox

Love Me Or Leave Me ~ Little Mix

Control ~ Zoe Wees

Bad Day ~ Daniel Powter

Secrets and Lies ~ Ruelle

Feel It ~ Michele Morone

Nothing Else Matters ~ Metallica

Numb ~ Linkin Park

Bring Me to Life ~ Evanescence

Total Eclipse of The Heart ~ Bonnie Tyler

Snow (Hey Oh) ~ Red Hot Chilli Peppers

Cough Sirup ~ Young The Giant

Livin' On A Prayer ~ Bon Jovi

Wake Me Up ~ Madilyn Bailey

To Love You More ~ Céline Dion

NYX'S SINNERS – Utah

Ax

(Président)

Clark

(Vice-Président)

Rule

(Sergent d'armes)

Grey

(Geek)

Creed

(Road Captain)

Rob

(Trésorier)

Dublin

(Doc)

Cam

(Tail Gunner)

Cécrops

(Ass Kicker)

Arcas

Jagger

Floyd

Harper

Xander

Hunger

Jop

(Prospect)

Romance

(Prospect)

Lennox

(Prospect)

A Paraître en Avril : Nyx's Sinners - Xander
A paraître en Mai : Nyx's sinners - Lennox

Déja en vente :

Nyx's Sinners : Ax
Nyx's Sinners : Rule
Nyx's Sinners : Cam
Nyx's Sinners : Harper
Souless 2.5

Nyx's Sinners

Harper

XANDER

Prologue

C'est la merde.

Genre, la bonne grosse merde qui nous tombe sur le coin de la gueule. Si les Skulls Ashes sont ici, c'est que ce n'est pas bon pour nous. Leur réputation n'est plus à refaire et je doute qu'ils viennent par pure courtoisie. Tout le monde est tendu depuis qu'ils ont passé les grilles du portail, y compris les hauts gradés. Bash, le président, descend de sa bécane et s'approche d'Ax. Si certains d'entre nous ont bien la tête de l'emploi, lui, c'est l'archétype du biker sans foi ni loi. Le cure-dent qu'il avait dans la bouche atterrit au sol lorsqu'il accepte la main de notre Prez.

J'observe les deux autres membres de son club qui sont également présents. Leurs yeux sont aussi vides que ceux d'un mort et ils semblent à la recherche de quelque chose, ou de quelqu'un. Aussitôt, tous mes sens sont en alerte, sentant le vent tourner. Ils n'ont beau être que trois, je ne doute pas que le reste de la meute se trouve non loin.

— Tu es bien loin de chez toi, Bash, que nous vaut la surprise de ta visite ? demande Ax, aussi tendu que le reste d'entre nous.

— Je suis revenu récupérer ce qui m'appartient, répond-il en fouillant lui aussi les alentours. Il s'avère que l'un de mes gars a réussi à tracer ma fille jusqu'à votre bled.

— Ta fille ? réplique le Prez.

Tout le monde est perplexe face à cette annonce. Bash n'est pas le genre de gars qu'on aimerait avoir comme père, et encore moins si l'on est une fille.

— Tu as bien entendu, et je compte bien la ramener au bercail.

— Sans vouloir te manquer de respect, Bash, mais ta fille n'est pas ici.

— Oh si, qu'elle l'est. Allez, Lily, commence-t-il à hurler tout en regardant chacun d'entre nous, tu ferais mieux de te dépêcher si tu ne veux pas que ça se termine dans un bain de sang. Tu ne voudrais pas avoir la mort de tes amis sur la conscience, n'est-ce pas ?

Aucune réponse, les prospects se chargent de mettre les gosses à l'abri, tandis que les régulières se placent derrière leurs hommes. D'un rapide coup d'œil, je constate qu'il ne manque qu'une personne. Mays. Elle était pourtant là, juste avant que ces fêlés du guidon débarquent.

Mon corps se tend d'autant plus lorsqu'il comprend ce qui est en train de se passer. Sans avoir besoin de faire le moindre bruit, je croise le regard de mon meilleur ami et constate que lui aussi a pigé. Il jette un rapide coup d'œil à sa meuf, qui mordille son pouce, le visage figé par l'inquiétude qui l'envahit.

— Lily, Lily, Lily, à croire que tu n'as pas retenu la leçon la première fois.

Bash sort son arme et sans que l'on ait pu faire le moindre mouvement, il tire. La question de savoir qui a été touché est vite résolue lorsque Clark s'effondre au sol, une balle dans le front. Les cris des femmes et des enfants nous brisent les tympans, Mack, la régulière de Creed s'évanouit dans les bras du road-captain qui la rattrape de justesse. Rose, la fille du VP, quant à elle, essaie de rejoindre son père, mais elle est retenue par Lennox.

— Assez ! tonne la voix d'Ax, fou de colère. Ta môme n'est pas ici, Bash, alors dégage !

— Oh vraiment ? Sinon quoi, Président ? Tu vas me coller une balle entre les yeux comme je viens de le faire pour ton VP ? Ne sois pas bête, tu n'as pas le pouvoir pour déclencher une guerre contre moi. Alors, je vais te laisser le choix, le Sinner. Soit, tu me livres ma fille dans quarante-huit heures, soit je fous le feu à ton club et baise chacune des femmes ici présentes avant de les vendre aux plus offrants, pigé ?

À bout, mais comme tout bon président, il ne saute pas à la gueule de ce fils de pute. Ax attend que les trois chevaliers de l'Apocalypse aient débarrassé le plancher pour laisser exploser sa colère. Tout y passe. Les tables, les chaises, les murs, tout. Lorsqu'enfin, il retrouve un semblant de contrôle, il se tourne vers Clark, dont le corps sans vie a été recouvert par une nappe, puis regarde chacun d'entre nous.

— Trouvez-moi sa putain de fille !

— Prez… commence Harper, tout en cherchant sans doute comment lui balancer la vérité. Sa fille, c'est Mays.

LILITH

Chapitre 1

Fuir. Je n'ai pas d'autre choix que de fuir à nouveau. Je refuse de retourner en enfer, il en est hors de question. J'espère juste qu'il n'y aura pas trop de casse chez les Nyx's Sinners par ma faute. Bash n'est pas ce que l'on peut appeler un homme sain, il est même tout le contraire. Sans doute à cause des meurtres, de la drogue, de l'alcool et du sexe, à outrance. Déjà petite, je ne rêvais que d'une chose, de partir de cet endroit maudit. Que quelqu'un se rende compte que ce mode de vie ne correspondait pas à une enfant, mais rien. Ni les professeurs ni les voisins, personne ne m'est venu en aide lorsque j'en avais le plus besoin. C'est donc pour cette raison que je ne fais confiance à personne, sauf en moi-même et en Charley.

Penser à elle, me retourne l'estomac et je suis obligée de me garer sur le bas-côté pour vomir le peu de ce que j'ai mangé aujourd'hui. J'espère qu'elle va bien, sur ce point, je compte sur Harper pour la protéger. Char est tout son univers, cela se voit à la façon dont il la couve. J'aurais aimé que l'on me regarde comme ça, mais étant donné l'état de ma vie pour le moment, ce n'est pas près d'arriver. Être en fuite est usant et l'on ne s'y habitue jamais réellement. Je peux m'estimer heureuse que son chien de garde ait mis dix ans pour me trouver, même si je doute que ce soit pareil pour la prochaine fois.

Avoir été Mays Parker pendant si longtemps a été la meilleure partie de ma vie. Jamais je n'oublierai tout ce que j'ai vécu durant cette décennie. J'ai rencontré une amie formidable et quelques bouseux, qui m'ont fait prendre conscience que tous les clubs de motards ne sont pas comme ceux de mon géniteur. Les Nyx's Sinners sont peut-être redoutables, mais ils ne sont pas la personnification de la mort. Ils font ce qu'ils font pour protéger leur famille. Dieu, que j'aurais aimé grandir dans une ambiance pareille, je ne serais peut-être pas aussi bousillée que je le suis aujourd'hui. Malheureusement, ce n'est pas le cas et ça ne le sera jamais.

En attendant, il faut que je m'éloigne le plus rapidement possible de Salt Lake City. J'hésite encore entre me réfugier au Mexique ou me rendre en Arizona et changer à nouveau d'identité. Peut-être que si je vais vers la frontière, il sera plus facile pour moi de prendre un avion pour n'importe quelle destination. L'argent n'est pas ce qui me manque. J'ai su gagner suffisamment au cours de ces dernières années pour me mettre à l'abri en cas de besoin. J'espère juste que mon père et sa clique ne me retrouveront pas avant. Sinon, je ne donne pas chère de ma peau.

Je remonte dans la voiture et prends trois grandes inspirations avant de rallumer le moteur. Le groupe Journey résonne à fond dans l'habitacle, tandis que je repars. Toutes les cinq minutes, je vérifie dans mes rétros que je ne suis pas suivie et soupire de soulagement chaque fois que je ne distingue aucune moto. De toute façon, la petite berline de Charley ne ferait pas le poids contre des Harley.

Ce n'est que lorsque la nuit tombe que je décide de changer de voiture. Je m'arrête dans un parking souterrain et gare la bagnole, avant de prendre le peu d'affaires que j'ai et de chercher un nouveau véhicule. Je finis par trouver mon bonheur auprès d'un vieux modèle. Un qui n'a ni GPS ni électronique.

Cinq minutes plus tard, j'emprunte le chemin inverse et me dirige vers un hôtel qui n'est ni un taudis ni un cinq étoiles.

À l'accueil, je donne bien évidemment un faux nom et remercie la jeune femme lorsqu'elle me tend les clés de ma chambre. Munie de mon petit sac de voyage, je me rends à la 222 et referme directement le verrou derrière moi. Je m'appuie contre le battant et souffle un instant.

Lorsque je me décolle de la porte, je dépose mes affaires sur le lit et me dirige vers la salle de bain. Je remercie un quelconque dieu de l'avoir dotée d'une baignoire et me précipite et tourne le robinet jusqu'à trouver la bonne température, puis y ajoute des sels. Une fois le tub plein, je retire mes vêtements et me plonge dans l'eau en laissant échapper un gémissement de bien-être.

Parce qu'il n'y a pas à dire, c'est le pied !

Je reste là jusqu'à ce que la flotte soit froide et que le bout de mes doigts soit aussi fripé que ceux d'une grand-mère. Je m'enveloppe du peignoir que j'avais posé sur le chauffe-serviette avant de rejoindre la chambre. J'allume la télé sur une chaîne musicale pour avoir un fond sonore, puis sors mon ordinateur de mon sac et m'installe sur le lit. Je vérifie que je suis intraçable, me connecte au serveur des Sinners et j'entre dans le système de caméra de sécurité et visionne ce qu'il s'est passé après mon départ.

Voir mon père, après dix ans et derrière un écran, me fiche la chair de poule. En vrai, il n'a pas tant changé que ça, toujours le même type de fringues, la même barbe fournie, la même allure. La seule chose qui semble différente, c'est son visage un peu plus marqué par la drogue, l'alcool et les années passées.

Je plaque une main sur ma bouche, retenant un cri lorsque je le vois sortir son arme et tirer sur le vice-président des Sinners. Une larme dévale ma joue avant d'arrêter sa course sur la courbure de ma lèvre. Une légère vague de soulagement m'envahit quand je comprends qu'il n'y a pas eu d'autres blessés et que Charley est saine et sauve. Sans que je m'en rende compte, mes doigts survolent le visage de Xander avant que je ne reprenne mes esprits et ferme l'écran de mon ordinateur.

Je me laisse aller sur le matelas, regardant le plafond immaculé et me remémorant le petit laps de temps que j'ai passé au sein de ce MC. Je les ai mal jugés, je le reconnais, mais qui aurait pu me le reprocher après ce que j'ai vécu dans le club de mon père ? Je ne m'attendais pas à trouver une véritable famille lorsque j'ai passé ce foutu portail. Je ne pensais pas me tromper aussi lourdement. Ce qu'ils ont fait pour ma meilleure amie, c'est ce que toute famille devrait faire. Se protéger les uns les autres quoi qu'il arrive.

Je secoue la tête pour dégager toutes les niaiseries qui commencent à émerger et je me redresse. Comme j'ai la flemme de me rhabiller et de sortir, je prends le téléphone de la chambre et demande à l'hôtesse d'accueil s'il est possible de se faire livrer. Elle me répond par la positive et alors je commande un bon menu japonais.

Après l'avoir remerciée et avoir raccroché, je me lève et passe faire un tour dans le mini-frigo. Un sourire naît sur mes lèvres en trouvant les petites bouteilles d'alcool. J'attrape celles de rhum et les vide dans un verre qui est sur une commode.

Mon corps se détend au bout du deuxième et je me mets à danser sur une musique qui est, soit dit en passant, absolument atroce. Je sursaute quand on toque à la porte, puis pose ma boisson sur le placard avant de remettre un peu d'ordre dans ma tenue et d'aller ouvrir. J'aurais sans doute mieux fait de regarder par le judas, parce que ce n'est pas le livreur de sushi qui se trouve devant moi. C'est un putain de biker !

Printed in Poland
by Amazon Fulfillment
Poland Sp. z o.o., Wrocław